Heine
Florentinische Nächte

Heinrich Heine

Florentinische Nächte

Herausgegeben von
Bernd Kortländer

Philipp Reclam jun. Stuttgart

RECLAMS UNIVERSAL-BIBLIOTHEK Nr. 18974

Gesamtherstellung: Reclam, Ditzingen. Printed in Germany 2012
RECLAM, UNIVERSAL-BIBLIOTHEK und
RECLAMS UNIVERSAL-BIBLIOTHEK sind eingetragene Marken
der Philipp Reclam jun. GmbH & Co. KG, Stuttgart
ISBN 978-3-15-018974-0

www.reclam.de

Inhalt

Anhang

Florentinische Nächte

Erste Nacht

Im Vorzimmer fand Maximilian den Arzt, wie er eben seine schwarzen Handschuhe anzog. Ich bin sehr pressirt, rief ihm dieser hastig entgegen. Signora Maria hat den ganzen Tag nicht geschlafen, und nur in diesem Augenblick ist sie ein wenig eingeschlummert. Ich brauche Ihnen nicht zu empfehlen, sie durch kein Geräusch zu wecken; und wenn sie erwacht, darf sie bey Leibe nicht reden. Sie muß ruhig liegen, darf sich nicht rühren, nicht im mindesten bewegen, darf nicht reden, und nur geistige Bewegung ist ihr heilsam. Bitte, erzählen Sie ihr wieder allerley närrische Geschichten so daß sie ruhig zuhören muß.

Seyen Sie unbesorgt, Doktor, erwiederte Maximilian mit einem wehmüthigen Lächeln. Ich habe mich schon ganz zum Schwätzer ausgebildet und lasse sie nicht zu Worte kommen. Und ich will ihr schon genug phantastisches Zeug erzählen, so viel Sie nur begehren ... Aber wie lange wird sie noch leben können?

Ich bin sehr pressirt, antwortete der Arzt und entwischte.

Die schwarze Debora, feinöhrig wie sie ist, hatte schon am Tritte den Ankommenden erkannt, und öffnete ihm leise die Thüre. Auf seinen Wink verließ sie eben so leise das Gemach, und Maximilian befand sich allein bey seiner Freundinn. Nur dämmernd war das Zimmer von einer einzigen Lampe erhellt. Diese warf, dann und wann, halb furchtsame halb neugierige Lichter über das Antlitz der kranken Frau, welche, ganz angekleidet, in weißem Musselin, auf einem grünseidnen Sopha hingestreckt lag und ruhig schlief.

Schweigend, mit verschränkten Armen, stand Maximilian einige Zeit vor der Schlafenden und betrachtete die schönen Glieder, die das leichte Gewand mehr offenbarte als verhüllte, und jedesmal wenn die Lampe einen Lichtstreif über das blasse Antlitz warf, erbebte sein Herz. Um

Gott! sprach er leise vor sich hin, was ist das? Welche Erinnerung wird in mir wach? Ja, jetzt weiß ichs. Dieses weiße Bild auf dem grünen Grunde, ja, jetzt …

In diesem Augenblick erwachte die Kranke, und wie aus der Tiefe eines Traumes hervorschauend, blickten auf den Freund die sanften, dunkelblauen Augen, fragend, bittend … An was dachten Sie eben, Maximilian? sprach sie mit jener schauerlich weichen Stimme, wie sie bey Lungenkranken gefunden wird, und worin wir zugleich das Lallen eines Kindes, das Zwitschern eines Vogels und das Geröchel eines Sterbenden zu vernehmen glauben. An was dachten Sie eben, Maximilian? wiederholte sie nochmals und erhob sich so hastig in die Höhe, daß die langen Locken, wie aufgeschreckte Goldschlangen, ihr Haupt umringelten.

Um Gott! rief Maximilian, indem er sie sanft wieder aufs Sopha niederdrückte, bleiben Sie ruhig liegen, sprechen Sie nicht; ich will Ihnen alles sagen, alles was ich denke, was ich empfinde, ja was ich nicht einmal selber weiß!

In der That, fuhr er fort, ich weiß nicht genau was ich eben dachte und fühlte. Bilder aus der Kindheit zogen mir dämmernd durch den Sinn, ich dachte an das Schloß meiner Mutter, an den wüsten Garten dort, an die schöne Marmorstatue, die im grünen Grase lag … Ich habe »das Schloß meiner Mutter« gesagt, aber ich bitte Sie, bey Leibe, denken Sie sich darunter nichts Prächtiges und Herrliches! An diese Benennung habe ich mich nun einmal gewöhnt; mein Vater legte immer einen ganz besonderen Ausdruck auf die Worte »das Schloß!« und er lächelte dabey immer so eigenthümlich. Die Bedeutung dieses Lächelns begriff ich erst später, als ich, ein etwa zwölfjähriges Bübchen, mit meiner Mutter nach dem Schlosse reiste. Es war meine erste Reise. Wir fuhren den ganzen Tag durch einen dicken Wald, dessen dunkle Schauer mir immer unvergeßlich bleiben, und erst gegen Abend hielten wir still vor einer langen Querstange, die uns von einer großen Wiese trennte. Wir mußten fast eine halbe Stunde warten, ehe, aus der nahgelegenen Lehmhütte, der Junge kam, der die Sperre wegschob und uns einließ. Ich sage »der Junge« weil die alte Marthe ihren vierzigjährigen Neffen noch immer den Jungen nannte; dieser hatte, um die gnädige Herrschaft würdig zu empfangen, das alte Livreekleid seines verstorbenen Oheims angezogen, und da er es vorher ein bischen ausstäuben mußte, ließ er uns so lange warten. Hätte man ihm Zeit gelassen, würde er auch Strümpfe angezogen haben; die langen, nackten, rothen Beine stachen aber nicht sehr ab von dem grellen Scharlachrock. Ob er darunter eine Hose trug, weiß ich nicht mehr. Unser Bedienter, der Johann, der ebenfalls die Benennung Schloß oft vernommen, machte ein sehr verwundertes Gesicht, als der Junge uns zu dem kleinen gebrochenen Gebäude führte, wo der selige Herr gewohnt. Er ward aber schier bestürzt, als meine Mutter ihm befahl die Betten hineinzubringen. Wie konnte er ahnden, daß auf dem »Schlosse« keine Betten befindlich! und die Ordre meiner Mutter, daß er Bettung für uns mitnehmen solle, hatte er entweder ganz überhört oder als überflüssige Mühe unbeachtet gelassen.

Das kleine Haus, das, nur eine Etage hoch, in seinen besten Zeiten höchstens fünf bewohnbare Zimmer enthalten, war ein kummervolles Bild der Vergänglichkeit. Zerschlagene Möbel, zerfetzte Tapeten, keine einzige Fensterscheibe ganz verschont, hie und da der Fußboden aufgerissen, überall die häßlichen Spuren der übermüthigsten Soldatenwirthschaft. »Die Einquartierung hat sich immer bey uns sehr amusirt« sagte der Junge mit einem blödsinnigen Lächeln. Die Mutter aber winkte, daß wir sie allein lassen möchten, und während der Junge mit Johann sich beschäftigte, ging ich den Garten besehen. Dieser bot ebenfalls den trostlosesten Anblick der Zerstörniß. Die großen Bäume waren zum Theil verstümmelt, zum Theil niedergebrochen, und höhnische Wucherpflanzen erhoben sich über die gefallenen Stämme. Hie und da, an den aufgeschossenen Taxusbüschen, konnte man die ehemaligen Wege erkennen. Hie und da standen auch Statuen, denen meistens die Köpfe, wenigstens die Nasen, fehlten. Ich erinnere mich einer Diana, deren untere Hälfte von dunklem Epheu aufs lächerlichste umwachsen war, so wie ich mich auch einer Göttinn des Überflusses erinnere, aus deren Füllhorn lauter mißduftendes Unkraut hervorblühte. Nur eine Statue war, Gott weiß wie, von der Boßheit der Menschen und der Zeit verschont geblieben; von ihrem Postamente freylich hatte man sie herabgestürzt ins hohe Gras, aber da lag sie unverstümmelt, die marmorne Göttinn, mit den rein-schönen Gesichtszügen und mit dem straffgetheilten, edlen Busen, der, wie eine griechische Offenbarung, aus dem hohen Grase hervorglänzte. Ich erschrack fast als ich sie sah; dieses Bild flößte mir eine sonderbar schwüle Scheu ein, und eine geheime Blödigkeit ließ mich nicht lange bey seinem holden Anblick verweilen.

Als ich wieder zu meiner Mutter kam, stand sie am Fenster, verloren in Gedanken, das Haupt gestützt auf ihrem rechten Arm, und die Thränen flossen ihr unaufhörlich über die Wangen. So hatte ich sie noch nie weinen sehen. Sie umarmte mich mit hastiger Zärtlichkeit und bat mich um Verzeihung, daß ich, durch Johanns Nachlässigkeit, kein ordentliches Bett bekommen werde. »Die alte Marte, sagte sie, ist schwer krank und kann dir, liebes Kind, ihr Bett nicht abtreten. Johann soll dir aber die Kissen aus dem Wagen so zurecht legen, daß du darauf schlafen kannst, und er mag dir auch seinen Mantel zur Decke geben. Ich selber schlafe hier auf Stroh; es ist das Schlafzimmer meines seligen Vaters; es sah sonst hier viel besser aus. Laß mich allein!« Und die Thränen schossen ihr noch heftiger aus den Augen.

War es nun das ungewohnte Lager, oder das aufgeregte Herz, es ließ mich nicht schlafen. Der Mondschein drang so unmittelbar durch die gebrochenen Fensterscheiben, und es war mir als wolle er mich hinauslocken in die helle Sommernacht. Ich mochte mich rechts oder links wenden auf meinem Lager, ich mochte die Augen schließen oder wieder ungeduldig öffnen, immer mußte ich an die schöne Marmorstatue denken, die ich im Grase liegen sehen. Ich konnte mir die Blödigkeit nicht erklären, die mich bey ihrem Anblick erfaßt hatte, ich ward verdrießlich ob dieses kindischen Gefühls, und »morgen« sagte ich leise zu mir selber: »morgen küssen wir dich, du schönes Marmorgesicht, wir küssen dich eben auf die schönen Mundwinkel, wo die Lippen in ein so holdseliges Grübchen zusammenschmelzen!« Eine Ungeduld, wie ich sie noch nie gefühlt, rieselte dabey durch alle meine Glieder, ich konnte dem wunderbaren Drange nicht länger gebieten, und endlich sprang ich auf mit keckem Muthe und sprach: »was gilt's und ich küsse dich noch heute, du liebes Bildniß!« Leise, damit die Mutter meine Tritte nicht höre, verließ ich das Haus, was um so leichter, da das Portal zwar noch mit einem großen Wappenschild aber mit keinen Thüren mehr versehen war; und hastig arbeitete ich mich durch das Laubwerk des wüsten Gartens. Auch kein Laut regte sich, und alles ruhte, stumm und ernst, im stillen Mondschein. Die Schatten der Bäume waren wie angenagelt auf der Erde. Im grünen Grase lag die schöne Göttinn ebenfalls regungslos, aber kein steinerner Tod, sondern nur ein stiller Schlaf schien ihre lieblichen Glieder gefesselt zu halten, und als ich ihr nahete, fürchtete ich schier, daß ich sie durch das geringste Geräusch aus ihrem Schlummer erwecken könnte. Ich hielt den Athem zurück als ich mich über sie hinbeugte, um die schönen Gesichtszüge zu betrachten; eine schauerliche Beängstigung stieß mich von ihr ab, eine knabenhafte Lüsternheit zog mich wieder zu ihr hin, mein Herz pochte, als wollte ich eine Mordthat begehen, und endlich küßte ich die schöne Göttinn mit einer Inbrunst, mit einer Zärtlichkeit, mit einer Verzweiflung, wie ich nie mehr geküßt habe in diesem Leben. Auch nie habe ich diese grauenhaft süße Empfindung vergessen können, die meine Seele durchflutete, als die beseligende Kälte jener Marmorlippen meinen Mund berührte ... Und sehen Sie, Maria, als ich eben vor Ihnen stand und ich Sie, in Ihrem weißen Musselinkleide auf dem grünen Sopha liegen sah, da mahnte mich Ihr Anblick an das weiße Marmorbild im grünen Grase. Hätten Sie länger geschlafen, meine Lippen würden nicht widerstanden haben ...

Max! Max! schrie das Weib aus der Tiefe ihrer Seele – Entsetzlich! Sie wissen, daß ein Kuß von Ihrem Munde ...

O, schweigen Sie nur, ich weiß, das wäre für Sie etwas Entsetzliches! Sehen Sie mich nur nicht so flehend an. Ich mißdeute nicht Ihre Empfindungen, obgleich die letzten Gründe derselben mir verborgen bleiben. Ich habe nie meinen Mund auf ihre Lippen drücken dürfen ...

Aber Maria ließ ihn nicht ausreden, sie hatte seine Hand erfaßt, bedeckte diese Hand mit den heftigsten Küssen und sagte dann lächelnd: Bitte, bitte, erzählen Sie mir noch mehr von Ihren Liebschaften. Wie lange liebten Sie die marmorne Schöne, die Sie im Schloßgarten Ihrer Mutter geküßt?

Wir reisten den andern Tag ab, antwortete Maximilian, und ich habe das holde Bildniß nie wiedergesehen. Aber fast vier Jahre beschäftigte es mein Herz. Eine wunderbare Leidenschaft für marmorne Statuen hat sich seitdem in meiner Seele entwickelt und noch diesen Morgen empfand ich ihre hinreißende Gewalt. Ich kam aus der Laurenziana, der Bibliothek der Medizäer, und gerieth, ich weiß nicht mehr wie, in die Kapelle, wo jenes prachtvollste Geschlecht Italiens sich eine Schlafstelle von Edelsteinen gebaut hat und ruhig schlummert. Eine ganze Stunde blieb ich dort versunken in dem Anblick eines marmornen Frauenbilds, dessen gewaltiger Leibesbau von der kühnen Kraft des Michel Angelo zeugt, während doch die ganze Gestalt von einer ätherischen Süßigkeit umflossen ist, die man bey jenem Meister eben nicht zu suchen pflegt. In diesen Marmor ist das ganze Traumreich gebannt mit allen seinen stillen Seeligkeiten, eine zärtliche Ruhe wohnt in diesen schönen Gliedern, ein besänftigendes Mondlicht scheint durch ihre Adern zu rinnen ... es ist die Nacht des Michel Angelo Buonarotti. O, wie gerne möchte ich schlafen des ewigen Schlafes in den Armen dieser Nacht ...

Gemalte Frauenbilder, fuhr Maximilian fort nach einer Pause, haben mich immer minder heftig interessirt als Statuen. Nur einmal war ich in ein Gemälde verliebt. Es war eine wunderschöne Madonna, die ich in einer Kirche zu Cöln am Rhein kennen lernte. Ich wurde damals ein sehr eifriger Kirchengänger und mein Gemüth versenkte sich in die Mystik des Catholizismus. Ich hätte damals gern, wie ein spanischer Ritter, alle Tage auf Leben und Tod gekämpft für die inmakulirte Empfängniß Mariae, der Königinn der Engel, der schönsten Dame des Himmels und der Erde! Für die ganze heilige Familie interessirte ich mich damals, und ganz besonders freundlich zog ich jedesmal den Hut ab, wenn ich einem Bilde des heiligen Josephs vorbey kam. Dieser Zustand dauerte jedoch nicht lange, und fast ohne Umstände verließ ich die Muttergottes als ich in einer Antiquen-Gallerie mit einer griechischen Nymphe bekannt wurde, die mich lange Zeit in ihren Marmorfesseln gefangen hielt.

Und Sie liebten immer nur gemeißelte oder gemalte Frauen? kicherte Maria.

Nein, ich habe auch todte Frauen geliebt, antwortete Maximilian, über dessen Gesicht sich wieder ein großer Ernst verbreitete. Er bemerkte nicht, daß bey diesen Worten Maria erschreckend zusammenfuhr, und ruhig sprach er weiter:

Ja, es ist höchst sonderbar, daß ich mich einst in ein Mädchen verliebte, nachdem sie schon seit sieben Jahren verstorben war. Als ich die kleine Very kennen lernte, gefiel sie mir ganz außerordentlich gut. Drey Tage lang beschäftigte ich mich mit dieser jungen Person und fand das höchste Ergötzen an allem was sie that und sprach, an allen Äußerungen ihres reitzend wunderlichen Wesens, jedoch ohne daß mein Gemüth dabey in überzärtliche Bewegung gerieth. Auch wurde ich einige Monate drauf nicht allzu tief ergriffen, als ich die Nachricht empfing, daß sie, in Folge eines Nervenfiebers, plötzlich gestorben sey. Ich vergaß sie ganz gründlich, und ich bin überzeugt, daß ich jahrelang auch nicht ein einziges Mahl an sie gedacht habe. Ganze sieben Jahre waren seitdem verstrichen, und ich befand mich in Potsdam, um in ungestörter Einsamkeit den schönen Sommer zu genießen. Ich kam dort mit keinem einzigen Menschen in Berührung, und mein ganzer Umgang beschränkte sich auf die Statuen, die sich im Garten von Sans-Souci befinden. Da geschah es eines Tages, daß mir Gesichtszüge und eine seltsam liebenswürdige Art des Sprechens und Bewegens ins Gedächtniß trat, ohne daß ich mich dessen entsinnen konnte welcher Person dergleichen angehörten. Nichts ist quälender als solches Herumstöbern in alten Erinnerungen, und ich war deßhalb wie freudig überrascht, als ich nach einigen Tagen mich auf einmal der kleinen Very erinnerte und jetzt merkte, daß es ihr liebes, vergessenes Bild war, was mir so beunruhigend vorgeschwebt hatte. Ja, ich freute mich dieser Entdeckung wie einer, der seinen intimsten Freund ganz unerwartet wieder gefunden; die verblichenen Farben belebten sich allmählig, und endlich stand die süße kleine Person wieder leibhaftig vor mir, lächelnd, schmollend, witzig, und schöner noch als jemals. Von nun an wollte mich dieses holde Bild nimmermehr verlassen, es füllte meine ganze Seele, wo ich ging und stand, stand und ging es an meiner Seite, sprach mit mir, lachte mit mir, jedoch harmlos und ohne große Zärtlichkeit. Ich aber wurde täglich mehr und mehr bezaubert von diesem Bilde, das täglich mehr und mehr Realität für mich gewann. Es ist leicht Geister zu beschwören, doch ist es schwer sie wieder zurück zu schicken in ihr dunkles Nichts; sie sehen uns dann so flehend an, unser eigenes Herz leiht ihnen so mächtige Fürbitte ... Ich konnte mich nicht mehr losreißen, und ich verliebte mich in die kleine Very, nachdem sie schon seit sieben Jahren verstorben. So lebte ich sechs Monate in Potsdam, ganz versunken in dieser Liebe. Ich hütete mich noch sorgfältiger als vorher vor jeder Berührung mit der Außenwelt, und wenn irgend jemand auf der Straße etwas nahe an mir vorbeystreifte, empfand ich die mißbehaglichste Beklemmung. Ich hegte vor allen Begegnissen eine tiefe Scheu, wie solche vielleicht die nachtwandelnden Geister der Todten empfinden; denn diese, wie man sagt, wenn sie einem lebenden Menschen begegnen, erschrecken sie eben so sehr wie der Lebende erschrickt, wenn er einem Gespenste begegnet. Zufällig kam damals ein Reisender durch Potsdam, dem ich nicht ausweichen konnte, nemlich mein Bruder. Bey seinem Anblick und bey seinen Erzählungen von den letzten Vorfällen der Tagesgeschichte, erwachte ich wie aus einem tiefen Traume, und zusammenschreckend fühlte ich plötzlich in welcher grauenhaften Einsamkeit ich so lange für mich hingelebt. Ich hatte in diesem Zustande nicht einmal den Wechsel der Jahrzeiten gemerkt, und mit Verwunderung betrachtete ich jetzt die Bäume, die, längst entblättert, mit herbstlichem Reife bedeckt standen. Ich verließ alsbald Potsdam und die kleine Very, und in einer anderen Stadt, wo mich wichtige Geschäfte erwarteten, wurde ich, durch sehr ekkige Verhältnisse und Beziehungen, sehr bald wieder in die rohe Wirklichkeit hineingequält.

Lieber Himmel! fuhr Maximilian fort, indem ein schmerzliches Lächeln um seine Oberlippe zuckte: lieber Himmel! die lebendigen Weiber mit denen ich damals in unabweisliche Berührungen kam, wie haben sie mich gequält, zärtlich gequält, mit ihrem Schmollen, Eifersüchteln, und beständigem in Athem halten! Auf wie vielen

Bällen mußte ich mit ihnen herumtraben, in wie viele Klatschereyen mußte ich mich mischen! Welche rastlose Eitelkeit, welche Freude an der Lüge, welche küssende Verrätherey, welche giftige Blumen! Jene Damen wußten mir alle Lust und Liebe zu verleiden und ich wurde auf einige Zeit ein Weiberfeind, der das ganze Geschlecht verdammte. Es erging mir fast wie dem französischen Offiziere, der im russischen Feldzuge sich nur mit Mühe aus den Eisgruben der Beresina gerettet hatte, aber seitdem gegen alles Gefrorene eine solche Antipathie bekommen, daß er jetzt sogar die süßesten und angenehmsten Eissorten von Tortoni mit Abscheu von sich wieß. Ja, die Erinnerung an die Beresina der Liebe, die ich damals passirte, verleidete mir einige Zeit sogar die köstlichsten Damen, Frauen wie Engel, Mädchen wie Vanillensorbet.

Ich bitte Sie, rief Maria, schmähen Sie nicht die Weiber. Das sind abgedroschene Redensarten der Männer. Am Ende, um glücklich zu seyn, bedürft Ihr dennoch der Weiber.

O, seufzte Maximilian, das ist freylich wahr. Aber die Weiber haben leider nur eine einzige Art wie sie uns glücklich machen können, während sie uns auf dreißigtausend Arten unglücklich zu machen wissen.

Theurer Freund, erwiederte Maria, indem sie ein leises Lächeln verbiß: ich spreche von dem Einklange zweyer gleichgestimmten Seelen. Haben Sie dieses Glück nie empfunden? ... Aber ich sehe eine ungewöhnte Röthe über Ihre Wangen ziehen ... Sprechen Sie ... Max?

Es ist wahr, Maria, ich fühle mich fast knabenhaft befangen, da ich Ihnen die glückliche Liebe gestehen soll, die mich einst unendlich beseligt hat! Diese Erinnerung ist mir noch nicht verloren, und in ihren kühlen Schatten flüchtet sich noch oft meine Seele, wenn der brennende Staub und die Tageshitze des Lebens unerträglich wird. Ich bin aber nicht im Stande Ihnen von dieser Geliebten einen richtigen Begriff zu geben. Sie war so ätherischer

Natur, daß sie sich mir nur im Traume offenbaren konnte. Ich denke, Maria, Sie hegen kein banales Vorurtheil gegen Träume; diese nächtlichen Erscheinungen haben wahrlich eben so viel Realität, wie jene roheren Gebilde des Tages, die wir mit Händen antasten können und woran wir uns nicht selten beschmutzen. Ja, es war im Traume, wo ich sie sah, jenes holde Wesen, das mich am meisten auf dieser Welt beglückt hat. Über ihre Äußerlichkeit weiß ich wenig zu sagen. Ich bin nicht im Stande die Form ihrer Gesichtszüge ganz genau anzugeben. Es war ein Gesicht, das ich nie vorher gesehen, und das ich nachher nie wieder im Leben erblickte. So viel erinnere ich mich, es war nicht weiß und rosig, sondern ganz einfarbig, ein sanft angeröthetes Blaßgelb und durchsichtig wie Krystall. Die Reitze dieses Gesichtes bestanden weder im strengen Schönheitsmaß, noch in der interessanten Beweglichkeit; sein Charakter bestand vielmehr in einer bezaubernden, entzükkenden, fast erschreckenden Wahrhaftigkeit. Es war ein Gesicht voll bewußter Liebe und graziöser Güte, es war mehr eine Seele als ein Gesicht, und deßhalb habe ich die äußere Form mir nie ganz vergegenwärtigen können. Die Augen waren sanft wie Blumen. Die Lippen etwas bleich, aber anmuthig gewölbt. Sie trug ein seidnes Peignoir von kornblauer Farbe; aber hierin bestand auch ihre ganze Bekleidung; Hals und Füße waren nackt, und durch das weiche, dünne Gewand lauschte manchmal, wie verstohlen, die schlanke Zartheit der Glieder. Die Worte, die wir mit einander gesprochen, kann ich mir ebenfalls nicht mehr verdeutlichen; soviel weiß ich, daß wir uns verlobten, und daß wir heiter und glücklich, offenherzig und traulich, wie Bräutgam und Braut, ja fast wie Bruder und Schwester, mit einander kosten. Manchmal aber sprachen wir gar nicht mehr und sahen uns einander an, Aug in Auge, und in diesem beseligenden Anschauen verharrten wir ganze Ewigkeiten ... Wodurch ich erwacht bin, kann ich ebenfalls nicht sagen, aber ich schwelgte noch lange Zeit in dem Nachgefühle dieses Liebesglücks. Ich war lange wie getränkt von unerhörten Wonnen, die schmachtende Tiefe meines Herzens war wie gefüllt mit Seligkeit, eine mir unbekannte Freude schien über alle meine Empfindungen ausgegossen, und ich blieb froh und heiter, obgleich ich die Geliebte in meinen Träumen niemals wiedersah. Aber hatte ich nicht in ihrem Anblick ganze Ewigkeiten genossen? Auch kannte sie mich zu gut um nicht zu wissen, daß ich keine Wiederholungen liebe.

Wahrhaftig, rief Maria, Sie sind ein *homme à bonne fortune* … Aber sagen Sie mir, war Mademoiselle Laurence eine Marmorstatue oder ein Gemälde? eine Todte oder ein Traum?

Vielleicht alles dieses zusammen, antwortete Maximilian sehr ernsthaft.

Ich könnte mirs vorstellen, theurer Freund, daß diese Geliebte von sehr zweifelhaftem Fleische seyn mußte. Und wann werden Sie mir diese Geschichte erzählen?

Morgen. Sie ist lang und ich bin heute müde. Ich komme aus der Oper und habe noch zu viel Musik in den Ohren.

Sie gehen jetzt oft in die Oper, und ich glaube, Max, Sie gehen dorthin mehr um zu sehen als um zu hören.

Sie irren sich nicht, Maria, ich gehe wirklich in die Oper, um die Gesichter der schönen Italienerinnen zu betrachten. Freylich, sie sind schon außerhalb dem Theater schön genug, und ein Gesichtsforscher könnte an der Idealität ihrer Züge sehr leicht den Einfluß der bildenden Künste auf die Leiblichkeit des italienischen Volkes nachweisen. Die Natur hat hier von den Künstlern das Kapital zurückgenommen, das sie ihnen einst geliehen, und siehe! es hat sich aufs Entzückendste verzinst. Die Natur welche einst den Künstlern ihre Modelle lieferte, sie kopirt heute ihrer Seits die Meisterwerke die dadurch entstanden. Der Sinn für das Schöne hat das ganze Volk durchdrungen, und wie einst das Fleisch auf den Geist, so wirkt jetzt der

Geist auf das Fleisch. Und nicht fruchtlos ist die Andacht vor jenen schönen Madonnen, den lieblichen Altarbildern, die sich dem Gemüthe des Bräutigams einprägen, während die Braut einen schönen Heiligen im brünstigen Sinne trägt. Durch solche Wahlverwandtschaft ist hier ein Menschengeschlecht entstanden, das noch schöner ist als der holde Boden, worauf es blüht, und der sonnige Himmel, der es, wie ein goldner Rahmen, umstrahlt. Die Männer interessiren mich nie viel, wenn sie nicht entweder gemalt oder gemeißelt sind, und Ihnen, Maria, überlasse ich allen möglichen Enthusiasmus in Betreff jener schönen, geschmeidigen Italiener, die so wildschwarze Backenbärte und so kühn edle Nasen und so sanft kluge Augen haben. Man sagt die Lombarden seyen die schönsten Männer. Ich habe nie darüber Untersuchungen angestellt, nur über die Lombardinnen habe ich ernsthaft nachgedacht, und diese, das habe ich wohl gemerkt, sind wirklich so schön wie der Ruhm meldet. Aber auch schon im Mittelalter müssen sie ziemlich schön gewesen seyn. Sagt man doch von Franz I. daß das Gerücht von der Schönheit der Mayländerinnen ein heimlicher Antrieb gewesen, der ihn zu seinem italienischen Feldzuge bewogen habe; der ritterliche König war gewiß neugierig, ob seine geistlichen Mühmchen, die Sippschaft seines Taufpathen, so hübsch seyen, wie er rühmen hörte … Armer Schelm! zu Pavia mußte er für diese Neugier sehr theuer büßen!

Aber wie schön sind sie erst diese Italienerinnen, wenn die Musik ihre Gesichter beleuchtet. Ich sage beleuchtet, denn die Wirkung der Musik, die ich, in der Oper, auf den Gesichtern der schönen Frauen bemerke, gleicht ganz jenen Licht- und Schatteneffekten, die uns in Erstaunen setzen, wenn wir Statuen in der Nacht bey Fackelschein betrachten. Diese Marmorbilder offenbaren uns dann, mit erschreckender Wahrheit, ihren innewohnenden Geist und ihre schauerlich stummen Geheimnisse. In derselben Weise giebt sich uns auch das ganze Leben der schönen Italienerinnen kund, wenn wir sie in der Oper sehen; die wechselnden Melodien wecken alsdann in ihrer Seele eine Reihe von Gefühlen, Erinnerungen, Wünschen und Ärgernissen, die sich alle augenblicklich in den Bewegungen ihrer Züge, in ihrem Erröthen, in ihrem Erbleichen, und gar in ihren Augen aussprechen. Wer zu lesen versteht, kann alsdann auf ihren schönen Gesichtern sehr viel süße und interessante Dinge lesen, Geschichten die so merkwürdig wie die Novellen des Boccaccio, Gefühle die so zart wie die Sonette des Petrarcha, Launen die so abentheuerlich wie die Ottaverime des Ariosto, manchmal auch furchtbare Verrätherey und erhabene Bosheit, die so poetisch wie die Hölle des großen Dante. Da ist es der Mühe werth, hinaufzuschauen nach den Logen. Wenn nur die Männer unterdessen ihre Begeisterung nicht mit so fürchterlichem Lerm aussprächen! Dieses allzutolle Geräusch in einem italienischen Theater wird mir manchmal lästig. Aber die Musik ist die Seele dieser Menschen, ihr Leben, ihre Nazionalsache. In anderen Ländern giebt es gewiß Musiker, die den größten italienischen Renommeen gleichstehen, aber es giebt dort kein musikalisches Volk. Die Musik wird hier in Italien nicht durch Individuen repräsentirt, sondern sie offenbart sich in der ganzen Bevölkerung, die Musik ist Volk geworden. Bey uns im Norden ist es ganz anders; da ist die Musik nur Mensch geworden und heißt Mozart oder Meyerbeer; und obendrein wenn man das Beste was solche nordische Musiker uns bieten genau untersucht, so findet sich darinn italienischer Sonnenschein und Orangenduft, und viel eher als unserem Deutschland gehören sie dem schönen Italien, der Heimath der Musik. Ja, Italien wird immer die Heimath der Musik seyn, wenn auch seine großen Maestri frühe ins Grab steigen oder verstummen, wenn auch Bellini stirbt und Rossini schweigt.

Wahrlich, bemerkte Maria, Rossini behauptet ein sehr strenges Stillschweigen. Wenn ich nicht irre, schweigt er schon seit zehn Jahren.

Das ist vielleicht ein Witz von ihm, antwortete Maximilian. Er hat zeigen wollen, daß der Name »Schwan von Pesaro« den man ihm ertheilt, ganz unpassend sey. Die Schwäne singen am Ende ihres Lebens, Rossini aber hat in der Mitte des Lebens zu singen aufgehört. Und ich glaube er hat wohl daran gethan und eben dadurch gezeigt, daß er ein Genie ist. Ein Künstler, welcher nur Talent hat, behält bis an sein Lebensende den Trieb dieses Talent auszuüben, der Ehrgeitz stachelt ihn, er fühlt daß er sich beständig vervollkommnet, und es drängt ihn das Höchste zu erstreben. Der Genius aber hat das Höchste bereits geleistet, er ist zufrieden, er verachtet die Welt und den kleinen Ehrgeitz, und geht nach Hause, nach Stratford am Avon, wie William Shakespeare, oder promenirt sich lachend und witzelnd auf dem Boulevard des Italiens zu Paris, wie Joachim Rossini. Hat der Genius keine ganz schlechte Leibeskonstituzion, so lebt er in solcher Weise noch eine gute Weile fort, nachdem er seine Meisterwerke geliefert, oder, wie man sich auszudrücken pflegt, nachdem er seine Mission erfüllt hat. Es ist ein Vorurtheil, wenn man meint, das Genie müsse früh sterben; ich glaube man hat das dreyßigste bis zum vierunddreyßigsten Jahr als die gefährliche Zeit für die Genies bezeichnet. Wie oft habe ich den armen Bellini damit geneckt, und ihm aus Scherz prophezeyt, daß er, in seiner Eigenschaft als Genie, bald sterben müsse, indem er das gefährliche Alter erreiche. Sonderbar! Trotz des scherzenden Tones, ängstigte er sich doch ob dieser Prophezeyung, er nannte mich seinen Jettatore und machte immer das Jettatorezeichen ... Er wollte so gern leben bleiben, er hatte eine fast leidenschaftliche Abneigung gegen den Tod, er wollte nichts vom Sterben hören, er fürchtete sich davor wie ein Kind, das sich fürchtet im Dunkeln zu schlafen ... Er war ein gutes, liebes Kind, manchmal etwas unartig, aber dann brauchte man ihn nur mit seinem baldigen Tode zu drohen, und er ward dann gleich kleinlaut und bittend und machte mit den zwey erhobenen Fingern das Jettatorezeichen ... Armer Bellini!

Sie haben ihn also persönlich gekannt? War er hübsch?

Er war nicht häßlich. Sie sehen, auch wir Männer können nicht bejahend antworten, wenn man uns über jemand von unserem Geschlechte eine solche Frage vorlegt. Es war eine hoch aufgeschossene, schlanke Gestalt, die sich zierlich, ich möchte sagen kokett bewegte; immer *à quatre épingles*; ein regelmäßiges Gesicht, länglich, blaßrosig; hellblondes, fast goldiges Haar, in dünnen Löckchen frisirt; hohe, sehr hohe, edle Stirne; grade Nase; bleiche, blaue Augen; schöngemessener Mund; rundes Kinn. Seine Züge hatten etwas vagues, charakterloses, etwas wie Milch, und in diesem Milchgesichte quirlte manchmal süßsäuerlich ein Ausdruck von Schmerz. Dieser Ausdruck von Schmerz ersetzte in Bellinis Gesichte den mangelnden Geist; aber es war ein Schmerz ohne Tiefe; er flimmerte poesielos in den Augen, er zuckte leidenschaftslos um die Lippen des Mannes. Diesen flachen, matten Schmerz schien der junge Maestro in seiner ganzen Gestalt veranschaulichen zu wollen. So schwärmerisch wehmüthig waren seine Haare frisirt, die Kleider saßen ihm so schmachtend an dem zarten Leibe, er trug sein spanisches Röhrchen so idyllisch, daß er mich immer an die jungen Schäfer erinnerte, die wir in unseren Schäferspielen mit bebänderten Stäben, und hellfarbigen Jäckchen und Höschen minaudiren sehen. Und sein Gang war so jungfräulich, so elegisch, so ätherisch. Der ganze Mensch sah aus wie ein Seufzer *en escarpins*. Er hat bey den Frauen vielen Beyfall gefunden, aber ich zweifle ob er irgendwo eine starke Leidenschaft geweckt hat. Für mich selber hatte seine Erscheinung immer etwas spaßhaft Ungenießbares, dessen Grund wohl zunächst in seinem Französischsprechen zu finden war. Obgleich Bellini schon mehre Jahre in Frankreich gelebt, sprach er doch das Französische so schlecht, wie es vielleicht kaum in England gesprochen werden kann. Ich sollte dieses Sprechen nicht mit dem Beywort »schlecht« bezeichnen; schlecht ist hier viel zu gut. Man muß entsetzlich sagen, blutschänderisch, weltuntergangsmäßig. Ja, wenn man mit ihm in Gesellschaft war, und er die armen französischen Worte wie ein Henker radebrach, und unerschütterlich seine kolossalen Coq-à-l'âne auskramte, so meinte man manchmal die Welt müsse mit einem Donnergekrache untergehen ... Eine Leichenstille herrschte dann im ganzen Saale; Todesschreck malte sich auf allen Gesichtern, mit Kreidefarbe oder mit Zinober; die Frauen wußten nicht ob sie in Ohnmacht fallen oder entfliehen sollten; die Männer sahen bestürzt nach ihren Beinkleidern, um sich zu überzeugen, daß sie wirklich dergleichen trugen; und was das Furchtbarste war, dieser Schreck erregte zu gleicher Zeit eine konvulsive Lachlust, die sich kaum verbeißen ließ. Wenn man daher mit Bellini in Gesellschaft war, mußte seine Nähe immer eine gewisse Angst einflößen, die, durch einen grauenhaften Reitz, zugleich abstoßend und anziehend war. Manchmal waren seine unwillkürlichen Calembours bloß belustigender Art, und in ihrer possirlichen Abgeschmacktheit, erinnerten sie an das Schloß seines Landsmannes, des Prinzen von Pallagonien, welches Goethe, in seiner italienischen Reise, als ein Museum von barocken Verzerrtheiten und ungereimt zusammengekoppelten Mißgestalten schildert. Da Bellini, bey solchen Gelegenheiten, immer etwas ganz Harmloses und ganz Ernsthaftes gesagt zu haben glaubte, so bildete sein Gesicht mit seinem Worte eben den allertollsten Contrast. Das was mir an seinem Gesichte mißfallen konnte, trat dann um so schneidender hervor. Das was mir da mißfiel, war aber nicht von der Art, daß es just als ein Mangel bezeichnet werden könnte, und am wenigsten mag es wohl den Damen ebenfalls unerfreusam gewesen seyn. Bellinis Gesicht, wie seine ganze Erscheinung, hatte jene physische Frische, jene Fleischblüthe, jene Rosenfarbe, die auf mich einen unangenehmen Eindruck macht, auf mich, der ich vielmehr das Todtenhafte und das Marmorne liebe. Erst späterhin, als ich Bellini schon lange kannte, empfand ich für ihn einige Neigung. Dieses entstand namentlich als ich bemerkte, daß sein Charakter durchaus edel und gut war. Seine Seele ist gewiß rein und unbefleckt geblieben von allen häßlichen Berührungen. Auch fehlte ihm nicht die harmlose Gutmüthigkeit, das Kindliche, das wir bey genialen Menschen nie vermissen, wenn sie auch dergleichen nicht für jedermann zur Schau tragen.

Ja, ich erinnere mich – fuhr Maximilian fort, indem er sich auf den Sessel niederließ, an dessen Lehne er sich bis jetzt aufrecht gestützt hatte – ich erinnere mich eines Augenblicks, wo mir Bellini in einem so liebenswürdigen Lichte erschien, daß ich ihn mit Vergnügen betrachtete und mir vornahm ihn näher kennen zu lernen. Aber es war leider der letzte Augenblick wo ich ihn in diesem Leben sehen sollte. Dieses war eines Abends, nachdem wir im Hause einer großen Dame, die den kleinsten Fuß in Paris hat, mit einander gespeist und sehr heiter geworden, und am Fortepiano die süßesten Melodien erklangen ... Ich sehe ihn noch immer, den guten Bellini, wie er endlich erschöpft von den vielen tollen Bellinismen die er geschwatzt, sich auf einen Sessel niederließ ... Dieser Sessel war sehr niedrig, fast wie ein Bänkchen, so daß Bellini dadurch gleichsam zu den Füßen einer schönen Dame zu sitzen kam, die sich, ihm gegenüber, auf ein Sopha hingestreckt hatte und mit süßer Schadenfreude auf Bellini hinabsah, während dieser sich abarbeitete, sie mit einigen französischen Redensarten zu unterhalten, und er immer in die Nothwendigkeit gerieth, das was er eben gesagt hatte, in seinem sicilianischen Jargon zu kommentiren, um zu beweisen, daß es keine Sottise, sondern im Gegentheil die feinste Schmeicheley gewesen sey. Ich glaube, daß die schöne Dame auf Bellinis Redensarten gar nicht viel hinhörte; sie hatte ihm sein spanisches Röhrchen, womit er seiner schwachen Rhetorik manchmal zu Hülfe kommen wollte, aus den Händen genommen, und bediente sich dessen um den zierlichen Lockenbau an den beiden Schläfen des jungen Maestro ganz ruhig zu zerstören. Diesem muthwilligen Geschäfte galt wohl jenes Lächeln, das ihrem Gesichte einen Ausdruck gab, wie ich ihn nie auf einem lebenden Menschenantlitz gesehen. Nie kommt mir dieses Gesicht aus dem Gedächtnisse! Es war eins jener Gesichter, die mehr dem Traumreich der Poesie als der rohen Wirklichkeit des Lebens zu gehören scheinen; Conturen die an Da Vinci erinnern, jenes edle Oval mit den naiven Wangengrübchen und dem sentimental spitzzulaufendem Kinn der lombardischen Schule. Die Färbung mehr römisch sanft, matter Perlenglanz, vornehme Blässe, Morbidezza. Kurz es war ein Gesicht, wie es nur auf irgend einem altitalienischem Portraite gefunden wird, das etwa eine von jenen großen Damen vorstellt, worin die italienischen Künstler des sechszehnten Jahrhunderts verliebt waren, wenn sie ihre Meisterwerke schufen, woran die Dichter jener Zeit dachten, wenn sie sich unsterblich sangen, und wonach die deutschen und französischen Kriegshelden Verlangen trugen, wenn sie sich das Schwert umgürteten und thatensüchtig über die Alpen stürzten ... Ja, ja, so ein Gesicht war es, worauf ein Lächeln der süßesten Schadenfreude und des vornehmsten Muthwillens spielte, während sie, die schöne Dame, mit der Spitze des spanischen Rohrs den blonden Lockenbau des guten Bellini zerstörte. In diesem Augenblick erschien mir Bellini wie berührt von einem Zauberstäbchen, wie umgewandelt zu einer durchaus befreundeten Erscheinung, und er wurde meinem Herzen auf einmal verwandt. Sein Gesicht erglänzte im Wiederschein jenes Lächelns, es war vielleicht der blühendste Moment seines Lebens ... Ich werde ihn nie vergessen ... Vierzehn Tage nachher las ich in der Zeitung, daß Italien einen seiner rühmlichsten Söhne verloren!

Sonderbar! Zu gleicher Zeit wurde auch der Tod Paganinis angezeigt. An diesem Todesfall zweifelte ich keinen Augenblick, da der alte, fahle Paganini immer wie ein

Sterbender aussah; doch der Tod des jungen, rosigen Bellini kam mir unglaublich vor. Und doch war die Nachricht vom Tode des ersteren nur ein Zeitungsirrthum, Paganini befindet sich frisch und gesund zu Genua und Bellini liegt im Grabe zu Paris!

Lieben Sie Paganini? frug Maria.

Dieser Mann, antwortete Maximilian, ist eine Zierde seines Vaterlandes und verdient gewiß die ausgezeichnetste Erwähnung, wenn man von den musikalischen Notabilitäten Italiens sprechen will.

Ich habe ihn nie gesehen, bemerkte Maria, aber dem Rufe nach, soll sein Äußeres den Schönheitssinn nicht vollkommen befriedigen. Ich habe Portraite von ihm gesehen …

Die alle nicht ähnlich sind, fiel ihr Maximilian in die Rede; sie verhäßlichen oder verschönern ihn, nie geben sie seinen wirklichen Charakter. Ich glaube es ist nur einem einzigen Menschen gelungen, die wahre Physionomie Paganinis aufs Papier zu bringen; es ist ein tauber Maler, Namens Lyser, der, in seiner geistreichen Tollheit, mit wenigen Kreidestrichen den Kopf Paganinis so gut getroffen hat, daß man ob der Wahrheit der Zeichnung zugleich lacht und erschrickt. »Der Teufel hat mir die Hand geführt« sagte mir der taube Maler, geheimnißvoll kichernd und gutmüthig ironisch mit dem Kopfe nickend, wie er bey seinen genialen Eulenspiegeleyen zu thun pflegte. Dieser Maler war immer ein wunderlicher Kautz; trotz seiner Taubheit, liebte er enthusiastisch die Musik und er soll es verstanden haben, wenn er sich nahe genug am Orchester befand, den Musikern die Musik auf dem Gesichte zu lesen, und an ihren Fingerbewegungen die mehr oder minder gelungene Exekuzion zu beurtheilen; auch schrieb er die Operkritiken in einem schätzbaren Journale zu Hamburg. Was ist eigentlich da zu verwundern? In der sichtbaren Signatur des Spieles konnte der taube Maler die Töne sehen. Giebt es doch Menschen, denen die Töne selber nur unsichtbare Signaturen sind, worin sie Farben und Gestalten hören.

Ein solcher Mensch sind Sie! rief Maria.

Es ist mir leid, daß ich die kleine Zeichnung von Lyser nicht mehr besitze; sie würde Ihnen vielleicht von Paganinis Äußerem einen Begriff verleihen. Nur in grell schwarzen, flüchtigen Strichen konnten jene fabelhaften Züge erfaßt werden, die mehr dem schweflichten Schattenreich, als der sonnigen Lebenswelt zu gehören scheinen. »Wahrhaftig, der Teufel hat mir die Hand geführt« betheuerte mir der taube Maler, als wir zu Hamburg vor dem Alsterpavillion standen, an dem Tage wo Paganini dort sein erstes Conzert gab. »Ja, mein Freund, fuhr er fort, es ist wahr, was die ganze Welt behauptet, daß er sich dem Teufel verschrieben hat, Leib und Seele, um der beste Violinist zu werden, um Millionen zu erfiedeln, und zunächst um von der verdammten Galeere loszukommen, wo er schon viele Jahre geschmachtet. Denn sehen Sie, Freund, als er zu Lukka Kapellenmeister war, verliebte er sich in eine Theaterprinzessinn, ward eifersüchtig auf irgend einen kleinen Abbate, ward vielleicht kokü, erstach auf gut italienisch seine ungetreue Amata, kam auf die Galeere zu Genua, und wie gesagt, verschrieb sich endlich dem Teufel um loszukommen, um der beste Violinspieler zu werden, und um jedem von uns diesen Abend eine Brandschatzung von zwey Thalern auferlegen zu können ... Aber, sehen Sie! Alle gute Geister loben Gott! sehen Sie, dort in der Allee kommt er selber mit seinem zweydeutigen Famulo!«

In der That, es war Paganini selber, den ich alsbald zu Gesicht bekam. Er trug einen dunkelgrauen Oberrock, der ihm bis zu den Füßen reichte, wodurch seine Gestalt sehr hoch zu seyn schien. Das lange schwarze Haar fiel in verzerrten Locken auf seine Schulter herab und bildete wie einen dunklen Rahmen um das blasse, leichenartige Gesicht, worauf Kummer, Genie und Hölle ihre unverwüstlichen Zeichen eingegraben hatten. Neben ihm tänzelte eine niedrige, behagliche Figur, putzig prosaisch: rosig verrunzeltes Gesicht, hellgraues Röckchen mit Stahlknöpfen, unausstehlich freundlich nach allen Seiten hingrüßend, mitunter aber, voll besorglicher Scheu, nach der düsteren Gestalt hinaufschielend, die ihm ernst und nachdenklich zur Seite wandelte. Man glaubte das Bild von Retzsch zu sehen, wo Faust mit Wagener vor den Thoren von Leipzig spatzieren geht. Der taube Maler kommentirte mir aber die beiden Gestalten in seiner tollen Weise, und machte mich besonders aufmerksam auf den gemessenen breiten Gang des Paganini. »Ist es nicht, sagte er, als trüge er noch immer die eiserne Querstange zwischen den Beinen? Er hat sich nun einmal diesen Gang auf immer angewöhnt. Sehen Sie auch wie verächtlich ironisch er auf seinen Begleiter manchmal hinabschaut, wenn dieser ihm mit seinen prosaischen Fragen lästig wird; er kann ihn aber nicht entbehren, ein blutiger Contrakt bindet ihn an diesen Diener, der eben kein andrer ist als Satan. Das unwissende Volk meint freylich, dieser Begleiter sey der Commödien- und Anekdotenschreiber Harris aus Hannover, den Paganini auf Reisen mitgenommen habe, um die Geldgeschäfte bey seinen Conzerten zu verwalten. Das Volk weiß nicht, daß der Teufel dem Herrn Georg Harris bloß seine Gestalt abgeborgt hat und daß die arme Seele dieses armen Menschen unterdessen, neben anderem Lumpenkram, in einem Kasten zu Hannover solange eingesperrt sitzt, bis der Teufel ihr wieder ihre Fleisch-Enveloppe zurückgiebt und er vielleicht seinen Meister Paganini in einer würdigeren Gestalt, nemlich als schwarzer Pudel, durch die Welt begleiten wird.«

War mir aber Paganini, als ich ihn am hellen Mittage, unter den grünen Bäumen des hamburger Jungfernsteegs einherwandeln sah, schon hinlänglich fabelhaft und abentheuerlich erschienen: wie mußte mich erst des Abends im Conzerte seine schauerlich bizarre Erscheinung überraschen. Das hamburger Commödienhaus war der Schauplatz dieses Conzertes, und das kunstliebende Publikum hatte sich schon frühe und in solcher Anzahl eingefunden, daß ich kaum noch ein Plätzchen für mich am Orchester erkämpfte. Obgleich es Posttag war, erblickte ich doch, in den ersten Ranglogen, die ganze gebildete Handelswelt, einen ganzen Olymp von Banquiers und sonstigen Millionären, die Götter des Kaffees und des Zuckers, nebst deren dicken Ehegottinnen, Junonen vom Wantram und Aphroditen vom Dreckwall. Auch herrschte eine religiöse Stille im ganzen Saal. Jedes Auge war nach der Bühne gerichtet. Jedes Ohr rüstete sich zum Hören. Mein Nachbar, ein alter Pelz-Makler, nahm seine schmutzige Baumwolle aus den Ohren, um bald die kostbaren Töne, die zwey Thaler Entréegeld kosteten, besser einsaugen zu können. Endlich aber, auf der Bühne, kam eine dunkle Gestalt zum Vorschein, die der Unterwelt entstiegen zu seyn schien. Das war Paganini in seiner schwarzen Galla. Der schwarze Frack und die schwarze Weste von einem entsetzlichen Zuschnitt, wie er vielleicht am Hofe Proserpinens von der höllischen Etikette vorgeschrieben ist. Die schwarzen Hosen ängstlich schlotternd um die dünnen Beine. Die langen Arme schienen noch verlängert, indem er in der einen Hand die Violine und in der anderen den Bogen gesenkt hielt und damit fast die Erde berührte, als er vor dem Publikum seine unerhörten Verbeugungen auskramte. In den eckigen Krümmungen seines Leibes lag eine schauerliche Hölzernheit und zugleich etwas närrisch Thierisches, daß uns bey diesen Verbeugungen eine sonderbare Lachlust anwandeln mußte; aber sein Gesicht, das durch die grelle Orchesterbeleuchtung noch leichenartig weißer erschien, hatte alsdann so etwas Flehendes, so etwas blödsinnig Demüthiges, daß ein grauenhaftes Mitleid unsere Lachlust niederdrückte. Hat er diese Komplimente einem Automaten abgelernt oder einem Hunde? Ist dieser bittende Blick der eines Todtkranken, oder lauert dahinter der Spott eines schlauen Geitzhalses? Ist das ein Lebender der im Verscheiden begriffen ist und der das Publikum in der Kunstarena, wie ein sterbender Fechter, mit seinen Zuckungen ergötzen soll? Oder ist es ein Todter, der aus dem Grabe gestiegen, ein Vampir mit der Violine, der uns, wo nicht das Blut aus dem Herzen, doch auf jeden Fall das Geld aus den Taschen saugt?

Solche Fragen kreuzten sich in unserem Kopfe, während Paganini seine unaufhörlichen Complimente schnitt; aber alle dergleichen Gedanken mußten straks verstummen, als der wunderbare Meister seine Violine ans Kinn setzte und zu spielen begann. Was mich betrifft, so kennen Sie ja mein musikalisches zweites Gesicht, meine Begabniß, bey jedem Tone, den ich erklingen höre, auch die adäquate Klangfigur zu sehen; und so kam es, daß mir Paganini mit jedem Striche seines Bogens auch sichtbare Gestalten und Situazionen vor die Augen brachte, daß er mir in tönender Bilderschrift allerley grelle Geschichten erzählte, daß er vor mir gleichsam ein farbiges Schattenspiel hingaukeln ließ, worin er selber immer mit seinem Violinspiel als die Hauptperson agirte. Schon bey seinem ersten Bogenstrich hatten sich die Kulissen um ihn her verändert; er stand mit seinem Musikpult plötzlich in einem heitern Zimmer, welches lustig unordentlich dekorirt, mit verschnörkelten Möbeln im Pompadurgeschmack: überall kleine Spiegel, vergoldete Amoretten, chinesisches Porzelan, ein allerliebstes Chaos von Bändern, Blumenguirlanden, weißen Handschuhen, zerrissenen Blonden, falschen Perlen, Diademen von Goldblech und sonstigem Götterflitterkram, wie man dergleichen im Studierzimmer einer Primadonna zu finden pflegt. Paganinis Äußeres hatte sich ebenfalls, und zwar aufs allervortheilhafteste, verändert: er trug kurze Beinkleider von lillafarbigem Atlas, eine silbergestickte, weiße Weste, einen Rock von hellblauem Sammet mit goldumsponnenen Knöpfen; und die sorgsam in kleinen Löckchen frisirten Haare umspielten sein Gesicht, das ganz jung und rosig blühete, und von süßer Zärtlichkeit erglänzte, wenn er nach dem hübschen Dämchen hinäugelte, das neben ihm am Notenpult stand, während er Violine spielte.

In der That, an seiner Seite erblickte ich ein hübsches junges Geschöpf, altmodisch gekleidet, der weiße Atlas ausgebauscht unterhalb den Hüften, die Taille um so reitzender schmal, die gepuderten Haare hochauffrisirt, das hübsch runde Gesicht um so freyer hervorglänzend mit seinen blitzenden Augen, mit seinen geschminkten Wänglein, Schönpflästerchen und impertinent süßem Näschen. In der Hand trug sie eine weiße Papierrolle, und sowohl nach ihren Lippenbewegungen, als nach dem kokettirenden Hin- und Herwiegen ihres Oberleibchens zu schließen, schien sie zu singen; aber vernehmlich ward mir kein einziger ihrer Triller, und nur aus dem Violinspiel, womit der junge Paganini das holde Kind begleitete, errieth ich was sie sang und was er selber während ihres Singens in der Seele fühlte. O, das waren Melodien, wie die Nachtigall sie flötet, in der Abenddämmerung, wenn der Duft der Rose ihr das ahnende Frühlingsherz mit Sehnsucht berauscht! O, das war eine schmelzende, wollüstig hinschmachtende Seligkeit! Das waren Töne, die sich küßten, dann schmollend einander flohen, und endlich wieder lachend sich umschlangen, und eins wurden, und in trunkener Einheit dahinstarben. Ja, die Töne trieben ein heiteres Spiel, wie Schmetterlinge, wenn einer dem anderen neckend ausweicht, sich hinter eine Blume verbirgt, endlich erhascht wird, und dann mit dem anderen, leichtsinnig beglückt, im goldnen Sonnenlichte hinaufflattert. Aber eine Spinne, eine Spinne kann solchen verliebten Schmetterlingen mahl plötzlich ein tragisches Schicksal bereiten. Ahnte dergleichen das junge Herz? Ein wehmüthig seufzender Ton, wie Vorgefühl eines heranschleichenden Unglücks, glitt leise durch die entzücktesten Melodien, die aus Paganinis Violine hervorstralten … Seine Augen werden feucht … Anbetend kniet er nieder vor seiner Amata … Aber ach! indem er sich beugt, um ihre Füße zu küssen, erblickt er unter dem Bette einen kleinen Abbate! Ich weiß nicht was er gegen den armen Menschen haben mochte, aber der Genueser wurde blaß wie der Tod, er erfaßt den Kleinen mit wüthenden Händen, giebt ihm diverse Ohrfeigen, so wie auch eine beträchtliche Anzahl Fußtritte, schmeißt ihn gar zur Thür hinaus, zieht alsdann ein langes Stylet aus der Tasche und stößt es in die Brust der jungen Schöne …

In diesem Augenblick aber erscholl von allen Seiten: Bravo! Bravo! Hamburgs begeisterte Männer und Frauen zollten ihren rauschendsten Beyfall dem großen Künstler, welcher eben die erste Abtheilung seines Conzertes beendigt hatte und sich mit noch mehr Ecken und Krümmungen als vorher verbeugte. Auf seinem Gesichte, wollte mich bedünken, winselte ebenfalls eine noch flehsamere Demuth als vorher. In seinen Augen starrte eine grauenhafte Ängstlichkeit, wie die eines armen Sünders.

Göttlich! rief mein Nachbar, der Pelzmakler, indem er sich in den Ohren kratzte, dieses Stück war allein schon zwey Thaler werth.

Als Paganini aufs neue zu spielen begann, ward es mir düster vor den Augen. Die Töne verwandelten sich nicht in helle Formen und Farben; die Gestalt des Meisters umhüllte sich vielmehr in finstere Schatten, aus deren Dunkel seine Musik mit den schneidendsten Jammertönen hervorklagte. Nur manchmal, wenn eine kleine Lampe, die über ihm hing, ihr kümmerliches Licht auf ihn warf, erblickte ich sein erbleichtes Antlitz, worauf aber die Jugend noch immer nicht erloschen war. Sonderbar war sein Anzug, gespaltet in zwey Farben, wovon die eine gelb und die andre roth. An den Füßen lasteten ihm schwere Ketten. Hinter ihm bewegte sich ein Gesicht, dessen Physionomie auf eine lustige Bocksnatur hindeutete, und lange haarigte Hände, die, wie es schien, dazu gehörten, sah ich zuweilen hülfreich in die Saiten der Violine greifen, worauf Paganini spielte. Sie führten ihm auch manchmal die Hand womit er den Bogen hielt, und ein meckerndes Beyfall-Lachen akkompagnirte dann die Töne, die immer schmerzlicher und blutender aus der Violine hervorquollen. Das waren Töne gleich dem Gesang der gefallenen Engel, die mit den Töchtern der Erde gebuhlt hatten, und, aus dem Reiche der Seligen verwiesen, mit schaamglühenden Gesichtern in die Unterwelt hinabstiegen. Das waren Töne in deren bodenloser Untiefe weder Trost noch Hoffnung glimmte. Wenn die Heiligen im Himmel solche Töne hören, erstirbt das Lob Gottes auf ihren verbleichenden Lippen und sie verhüllen weinend ihre frommen Häupter! Zuweilen, wenn in die melodischen Qualnisse dieses Spiels das obligate Bockslachen hineinmeckerte, erblickte ich auch im Hintergrunde eine Menge kleiner Weibsbilder, die boshaft lustig mit den häßlichen Köpfen nickten und mit den gekreuzten Fingern, in neckender Schadenfreude, ihre Rübchen schabten. Aus der Violine drangen alsdann Angstlaute und ein entsetzliches Seufzen und ein Schluchzen, wie man es noch nie gehört auf Erden, und wie man es vielleicht nie wieder auf Erden hören wird, es seye denn im Thale Josaphat, wenn die kolossalen Posaunen des Gerichts erklingen und die nackten Leichen aus ihren Gräbern hervorkriechen und ihres Schicksals harren ... Aber der gequälte Violinist that plötzlich einen Strich, einen so wahnsinnig verzweifelten Strich, daß seine Ketten rasselnd entzweysprangen und sein unheimlicher Gehülfe, mitsammt den verhöhnenden Unholden, verschwanden.

In diesem Augenblick sagte mein Nachbar, der Pelzmakler: Schade, Schade, eine Saite ist ihm gesprungen, das kommt von dem beständigen Pizzikati!

War wirklich die Saite auf der Violine gesprungen? Ich weiß nicht. Ich bemerkte nur die Transfigurazion der Töne, und da schien mir Paganini und seine Umgebung plötzlich wieder ganz verändert. Jenen konnte ich kaum wiedererkennen in der braunen Mönchstracht, die ihn mehr versteckte als bekleidete. Das verwilderte Antlitz halb verhüllt von der Kaputze, einen Strick um die Hüfte, baarfüßig, eine einsam trotzige Gestalt, stand Paganini auf einem felsigen Vorsprung am Meere und spielte Violine. Es war, wie mich dünkte, die Zeit der Dämmerung, das Abendroth überfloß die weiten Meeresfluten, die immer röther sich färbten und immer feyerlicher rauschten, im geheimnißvollsten Einklang mit den Tönen der Violine. Je röther aber das Meer wurde, desto fahler erbleichte der Himmel, und als endlich die wogenden Wasser wie lauter scharlachgrelles Blut aussahen, da ward droben der Himmel ganz gespenstischhell, ganz leichenweiß, und groß und drohend traten daraus hervor die Sterne ... und diese Sterne waren schwarz, schwarz wie glänzende Steinkohlen. Aber die Töne der Violine wurden immer stürmischer und kecker, in den Augen des entsetzlichen Spielmanns funkelte eine so spöttische Zerstörungslust, und seine dünnen Lippen bewegten sich so grauenhaft hastig, daß es aussah als murmelte er uralt verruchte Zaubersprüche, womit man den Sturm beschwört und jene bösen Geister entfesselt, die in den Abgründen des Meeres gefangen liegen. Manchmal, wenn er, den nackten Arm aus dem weiten Mönchsärmel lang mager hervorstreckend, mit dem Fidelbogen in den Lüften fegte: dann erschien er erst recht wie ein Hexenmeister, der mit dem Zauberstab den Elementen gebietet, und es heulte dann wie wahnsinnig in der Meerestiefe und die entsetzten Blutwellen sprangen dann so gewaltig in die Höhe, daß sie fast die bleiche Himmelsdecke und die schwarzen Sterne dort mit ihrem rothen Schaume bespritzten. Das heulte, das kreischte, das krachte, als ob die Welt in Trümmer zusammenbrechen wollte, und der Mönch strich immer hartnäckiger seine Violine. Er wollte durch die Gewalt seines rasenden Willens die sieben Siegel brechen, womit Salomon die eisernen Töpfe versiegelt, nachdem er darin die überwundenen Dämonen verschlossen. Jene Töpfe hat der weise König ins Meer versenkt, und eben die Stimmen der darin verschlossenen Geister glaubte ich zu vernehmen, während Paganinis Violine ihre zornigsten Baßtöne grollte. Aber endlich glaubte ich gar wie Jubel der Befreyung zu vernehmen, und aus den rothen Blutwellen sah ich hervortauchen die Häupter der entfesselten Dämonen: Ungethüme von fabelhafter Häßlichkeit, Krokodylle mit Fledermausflügeln, Schlangen mit Hirschgeweihen, Affen bemützt mit Trichtermuscheln, Seehunde mit patriarchalisch langen Bärten, Weibergesichter mit Brüsten an die Stelle der Wangen, grüne Kameelsköpfe, Zwittergeschöpfe von unbegreiflicher Zusammensetzung, alle mit kalt klugen Augen hinglotzend und mit langen Floßtatzen hingreifend nach dem fiedelnden Mönche … Diesem aber, in dem rasenden Beschwörungseifer, fiel die Kaputze zurück, und die lockigen Haare, im Winde dahinflatternd, umringelten sein Haupt wie schwarze Schlangen.

Diese Erscheinung war so sinneverwirrend, daß ich, um nicht wahnsinnig zu werden, die Ohren mir zuhielt und die Augen schloß. Da war nun der Spuk verschwunden, und als ich wieder aufblickte sah ich den armen Genueser in seiner gewöhnlichen Gestalt, seine gewöhnlichen Complimente schneiden, während das Publikum aufs entzückteste applaudirte.

»Das ist also das berühmte Spiel auf der G-Saite, bemerkte mein Nachbar; ich spiele selber die Violine und weiß was es heißt dieses Instrument so zu bemeistern!« Zum Glück war die Pause nicht groß, sonst hätte mich der musikalische Pelzkenner gewiß in ein langes Kunstgespräch eingemufft. Paganini setzte wieder ruhig seine Violine ans Kinn und mit dem ersten Strich seines Bogens begann auch wieder die wunderbare Transfigurazion der Töne. Nur gestaltete sie sich nicht mehr so grellfarbig und leiblich bestimmt. Diese Töne entfalteten sich ruhig, majestätisch wogend und anschwellend, wie die eines Orgelchorals in einem Dome; und alles umher hatte sich immer weiter und höher ausgedehnt zu einem kolossalen Raume, wie nicht das körperliche Auge, sondern nur das Auge des Geistes ihn fassen kann. In der Mitte dieses Raumes schwebte eine leuchtende Kugel, worauf riesengroß und stolzerhaben ein Mann stand, der die Violine spielte. Diese Kugel war sie die Sonne? Ich weiß nicht. Aber in den Zügen des Mannes erkannte ich Paganini, nur idealisch verschönert, himmlisch verklärt, versöhnungsvoll lächelnd. Sein Leib blühte in kräftigster Männlichkeit, ein hellblaues Gewand umschloß die veredelten Glieder, um seine Schulter wallte, in glänzenden Locken, das schwarze Haar; und wie er da fest und sicher stand, ein erhabenes Götterbild, und die Violine strich: da war es als ob die ganze Schöpfung seinen Tönen gehorchte. Es war der Mensch-Planet um den sich das Weltall bewegte, mit gemessener Feyerlichkeit und in seligen Rhythmen erklingend. Diese großen Lichter, die, so ruhig glänzend um ihn her schwebten, waren es die Sterne des Himmels, und jene tönende Harmonie, die aus ihren Bewegungen entstand, war es der Sphärengesang, wovon Poeten und Seher so viel Verzükkendes berichtet haben? Zuweilen, wenn ich angestrengt weithinausschaute in die dämmernde Ferne, da glaubte ich lauter weiße wallende Gewänder zu sehen, worin kolossale Pilgrime vermummt einherwandelten, mit weißen Stäben in den Händen, und sonderbar! die goldnen Knöpfe jener Stäbe waren eben jene großen Lichter, die ich für Sterne gehalten hatte. Diese Pilgrime zogen, in weiter Kreisbahn, um den großen Spielmann umher, von den Tönen seiner Violine erglänzten immer heller die goldnen Knöpfe ihrer Stäbe, und die Choräle, die von ihren Lippen erschollen und die ich für Sphärengesang halten konnte, waren eigentlich nur das verhallende Echo jener Violinentöne. Eine unnennbare heilige Inbrunst wohnte in diesen Klängen, die manchmal kaum hörbar erzitterten, wie geheimnißvolles Flüstern auf dem Wasser, dann wieder süßschauerlich anschwollen, wie Waldhorntöne im Mondschein, und dann endlich mit ungezügeltem Jubel dahinbrausten, als griffen tausend Barden in die Saiten ihrer Harfen und erhüben ihre Stimmen zu einem Siegeslied. Das waren Klänge, die nie das Ohr hört, sondern nur das Herz träumen kann, wenn es des Nachts am Herzen der Geliebten ruht. Vielleicht auch begreift sie das Herz am hellen lichten Tage, wenn es sich jauchzend versenkt in die Schönheitslinien und Ovalen eines griechischen Kunstwerks ...

»Oder wenn man eine Bouteille Champagner zuviel getrunken hat?« ließ sich plötzlich eine lachende Stimme vernehmen, die unseren Erzähler wie aus einem Traume weckte. Als er sich umdrehte, erblickte er den Doktor, der, in Begleitung der schwarzen Debora, ganz leise ins Zimmer getreten war, um sich zu erkundigen, wie seine Medizin auf die Kranke gewirkt habe.

Dieser Schlaf gefällt mir nicht, sprach der Doktor indem er nach dem Sopha zeigte.

Maximilian, welcher, versunken in den Phantasmen seiner eignen Rede, gar nicht gemerkt hatte, daß Maria schon lange eingeschlafen war, biß sich verdrießlich in die Lippen.

Dieser Schlaf, fuhr der Doktor fort, verleiht ihrem Antlitz schon ganz den Charakter des Todes. Sieht es nicht schon aus wie jene weißen Masken, jene Gipsabgüsse, worin wir die Züge der Verstorbenen zu bewahren suchen.

Ich möchte wohl, flüsterte ihm Maximilian ins Ohr, von dem Gesichte unserer Freundinn einen solchen Abguß aufbewahren. Sie wird auch als Leiche noch sehr schön seyn.

Ich rathe Ihnen nicht dazu, entgegnete der Doktor. Solche Masken verleiden uns die Erinnerung an unsere Lieben. Wir glauben in diesem Gipse sey noch etwas von ihrem Leben enthalten, und was wir darin aufbewahrt haben, ist doch ganz eigentlich der Tod selbst. Regelmäßig schöne Züge bekommen hier etwas grauenhaft Starres, Verhöhnendes, Fatales, wodurch sie uns mehr erschrecken als erfreuen. Wahre Karrikaturen aber sind die Gipsabgüsse von Gesichtern, deren Reitz mehr von geistiger Art war, deren Züge weniger regelmäßig als interessant gewesen; denn sobald die Grazien des Lebens darin erloschen sind, werden die wirklichen Abweichungen von den idealen Schönheitslinien nicht mehr durch geistige Reitze ausgeglichen. Gemeinsam ist aber allen diesen Gipsgesichtern ein gewisser räthselhafter Zug, der uns, bey längerer Betrachtung, aufs unleidlichste die Seele durchfröstelt; sie sehen alle aus wie Menschen, die im Begriffe sind einen schweren Gang zu gehen.

Wohin? frug Maximilian, als der Doktor seinen Arm ergriff und ihn aus dem Zimmer fortführte.

Zweite Nacht

Und warum wollen Sie mich noch mit dieser häßlichen Medicin quälen, da ich ja doch so bald sterbe!

Es war Maria welche eben, als Maximilian ins Zimmer trat, diese Worte gesprochen. Vor ihr stand der Arzt, in der einen Hand eine Medizinflasche, in der anderen einen kleinen Becher, worin ein bräunlicher Saft widerwärtig schäumte. Theuerster Freund, rief er indem er sich zu dem Eintretenden wandte. Ihre Anwesenheit ist mir jetzt sehr lieb. Suchen Sie doch Signora dahin zu bewegen, daß sie nur diese wenigen Tropfen einschlürft; ich habe Eile.

Ich bitte Sie, Maria! flüsterte Maximilian mit jener weichen Stimme, die man nicht sehr oft an ihm bemerkt hat, und die aus einem so wunden Herzen zu kommen schien, daß die Kranke, sonderbar gerührt, fast ihres eigenen Leides vergessend, den Becher in die Hand nahm; ehe sie ihn aber zum Munde führte, sprach sie lächelnd: Nicht wahr, zur Belohnung erzählen Sie mir dann auch die Geschichte von der Laurenzia?

Alles was Sie wünschen soll geschehen! nickte Maximilian.

Die blasse Frau trank alsbald den Inhalt des Bechers, halb lächelnd, halb schaudernd.

Ich habe Eile, sprach der Arzt, indem er seine schwarzen Handschuhe anzog. Legen Sie sich ruhig nieder, Signora, und bewegen Sie sich so wenig als möglich. Ich habe Eile.

Begleitet von der schwarzen Debora, die ihm leuchtete, verließ er das Gemach. – Als nun die beiden Freunde allein waren, sahen sie sich lange schweigend an. In beider Seele wurden Gedanken laut, die eins dem anderen zu verhehlen suchte. Das Weib aber ergriff plötzlich die Hand des Mannes und bedeckte sie mit glühenden Küssen.

Um Gotteswillen, sprach Maximilian, bewegen Sie sich

nicht so gewaltsam und legen Sie sich wieder ruhig aufs Sopha.

Als Maria diesen Wunsch erfüllte, bedeckte er ihre Füße sehr sorgsam mit dem Shawl, den er vorher mit seinen Lippen berührt hatte. Sie mochte es wohl bemerkt haben, denn sie zwinkte vergnügt mit den Augen, wie ein glückliches Kind.

War Mademoiselle Laurence sehr schön?

Wenn Sie mich nie unterbrechen wollen, theure Freundinn, und mir angeloben, ganz schweigsam und ruhig zuzuhören, so will ich alles was Sie zu wissen begehren, umständlich berichten.

Dem bejahenden Blicke Marias mit Freundlichkeit zulächelnd, setzte sich Maximilian auf den Sessel, der vor dem Sopha stand, und begann folgendermaßen seine Erzählung:

Es sind nun acht Jahre, daß ich nach London reiste, um die Sprache und das Volk dort kennen zu lernen. Hol der Teufel das Volk mitsammt seiner Sprache! Da nehmen sie ein Dutzend einsilbiger Worte ins Maul, kauen sie, knatschen sie, spucken sie wieder aus, und das nennen sie Sprechen. Zum Glück sind sie ihrer Natur nach ziemlich schweigsam, und obgleich sie uns immer mit aufgesperrtem Maule ansehen, so verschonen sie uns jedoch mit langen Conversazionen. Aber wehe uns, wenn wir einem Sohne Albions in die Hände fallen, der die große Tour gemacht und auf dem Continente Französisch gelernt hat. Dieser will dann die Gelegenheit benutzen, die erlangten Sprachkenntnisse zu üben und überschüttet uns mit Fragen über alle möglichen Gegenstände, und kaum hat man die eine Frage beantwortet, so kommt er mit einer neuen herangezogen, entweder über Alter oder Heimath oder Dauer unseres Aufenthalts und mit diesem unaufhörlichen Inquiriren glaubt er uns aufs allerbeste zu unterhalten. Einer meiner Freunde in Paris hatte vielleicht Recht, als er behauptete: daß die Engländer ihre französische Conversazion auf dem *Bureau des passeports* erlernen. Am nützlichsten ist ihre Unterhaltung bey Tische, wenn sie ihre kolossalen Rostbeefe tranchiren und mit den ernsthaftesten Mienen uns abfragen: welch ein Stück wir verlangen? ob stark oder schwach gebraten? ob aus der Mitte oder aus der braunen Rinde? ob fett oder mager? Dieses Rostbeefe und ihre Hammelbraten sind aber auch alles was sie Gutes haben. Der Himmel bewahre jeden Christenmensch vor ihren Saucen, die aus $^1/_3$ Mehl und $^2/_3$ Butter, oder, je nachdem die Mischung eine Abwechselung bezweckt, aus $^1/_3$ Butter und $^2/_3$ Mehl bestehen. Der Himmel bewahre auch jeden vor ihren naiven Gemüsen, die sie, in Wasser abgekocht, ganz wie Gott sie erschaffen hat, auf den Tisch bringen. Entsetzlicher noch als die Küche der Engländer sind ihre Toaste und ihre obligaten Standreden, wenn das Tischtuch aufgehoben wird und die Damen sich von der Tafel wegbegeben, und statt ihrer eben so viele Bouteillen Portwein aufgetragen werden ... denn durch letztere glauben sie die Abwesenheit des schönen Geschlechtes aufs beste zu ersetzen. Ich sage des schönen Geschlechtes, denn die Engländerinnen verdienen diesen Namen. Es sind schöne, weiße, schlanke Leiber. Nur der allzubreite Raum zwischen der Nase und dem Munde, der bey ihnen eben so häufig wie bey den englischen Männern gefunden wird, hat mir oft in England die schönsten Gesichter verleidet. Diese Abweichung von dem Typus des Schönen, wirkt auf mich noch fataler, wenn ich die Engländer hier in Italien sehe, wo ihre kärglich gemessenen Nasen und die breite Fleischfläche, die sich darunter bis zum Maule erstreckt, einen desto schrofferen Contrast bildet mit den Gesichtern der Italiener, deren Züge mehr von antiquer Regelmäßigkeit sind, und deren Nasen, entweder römisch gebogen oder griechisch gesenkt, nicht selten ins Allzulängliche ausarten. Sehr richtig ist die Bemerkung eines deutschen Reisenden, daß die Engländer, wenn sie hier unter den Italienern wandeln, alle wie Statuen aussehen, denen man die Nasenspitze abgeschlagen hat.

Ja, wenn man den Engländern in einem fremden Lande begegnet, kann man durch den Contrast ihre Mängel erst recht grell hervortreten sehen. Es sind die Götter der Langeweile, die, in blanklakirten Wagen, mit Extrapost durch alle Länder jagen, und überall eine graue Staubwolke von Traurigkeit hinter sich lassen. Dazu kommt ihr Neugier ohne Interesse, ihre geputzte Plumpheit, ihre freche Blödigkeit, ihre eckiger Egoismus, und ihre öde Freude an allen melancholischen Gegenständen. Schon seit drey Wochen sieht man hier auf der Piazza di Gran Duca alle Tage einen Engländer, welcher stundenlang mit offenem Maule jenem Charlatane zuschaut, der dort, zu Pferde sitzend, den Leuten die Zähne ausreißt. Dieses Schauspiel soll den edlen Sohn Albions vielleicht schadlos halten für die Exekuzionen, die er in seinem theuren Vaterlande versäumt … Denn nächst Boxen und Hahnenkampf, giebt es für einen Britten keinen köstlicheren Anblick, als die Agonie eines armen Teufels, der ein Schaf gestohlen oder eine Handschrift nachgeahmt hat, und vor der Façade von Old-Baylie eine Stunde lang, mit einem Strick um den Hals, ausgestellt wird, ehe man ihn in die Ewigkeit schleudert. Es ist keine Übertreibung, wenn ich sage, daß Schafdiebstahl und Fälschung in jenem häßlich grausamen Lande gleich den abscheulichsten Verbrechen, gleich Vatermord und Blutschande, bestraft werden. Ich selber, den ein trister Zufall vorbeyführte, ich sah in London einen Menschen hängen, weil er ein Schaf gestohlen und seitdem verlor ich alle Freude an Hammelbraten; das Fett erinnert mich immer an die weiße Mütze des armen Sünders. Neben ihm ward ein Irländer gehenkt, der die Handschrift eines reichen Banquiers nachgeahmt; noch immer sehe ich die naive Todesangst des armen Paddy, welcher vor den Assisen nicht begreifen konnte, daß man ihn einer nachgeahmten Handschrift wegen so hart bestrafe, ihn, der doch jedem Menschenkind erlaube, seine eigne Handschrift nachzuahmen! Und dieses Volk spricht beständig von Christenthum, und versäumt des Sonntags keine Kirche, und überschwemmt die ganze Welt mit Bibeln.

Ich will es Ihnen gestehen, Maria, wenn mir in England nichts munden wollte, weder Menschen noch Küche, so lag auch wohl zum Theil der Grund in mir selber. Ich hatte einen guten Vorrath von Mißlaune mit hinübergebracht aus der Heimath, und ich suchte Erheiterung bey einem Volke, das selber nur im Strudel der politischen und merkantilischen Thätigkeit seine Langeweile zu tödten weiß. Die Vollkommenheit der Maschinen, die hier überall angewendet werden, und so viele menschliche Verrichtungen übernommen, hatte ebenfalls für mich etwas Unheimliches; dieses künstliche Getriebe von Rädern, Stangen, Cylindern und tausenderley kleinen Häkchen, Stiftchen und Zähnchen, die sich fast leidenschaftlich bewegen, erfüllte mich mit Grauen. Das Bestimmte, das Genaue, das Ausgemessene und die Pünktlichkeit im Leben der Engländer beängstigte mich nicht minder; denn gleichwie die Maschinen in England uns wie Menschen vorkommen, so erscheinen uns dort die Menschen wie Maschinen. Ja, Holz, Eisen und Messing scheinen dort den Geist des Menschen usurpirt zu haben und vor Geistesfülle fast wahnsinnig geworden zu seyn, während der entgeistete Mensch, als ein hohles Gespenst, ganz maschinenmäßig seine Gewohnheitsgeschäfte verrichtet, zur bestimmten Minute Beefstäke frißt, Parlamentsreden hält, seine Nägel bürstet, in die Stage-Coach steigt oder sich aufhängt.

Wie mein Mißbehagen in diesem Lande sich täglich steigerte, können Sie sich wohl vorstellen. Nichts aber gleicht der schwarzen Stimmung, die mich einst befiel, als ich, gegen Abendzeit, auf der Waterloo-Brücke stand und in die Wasser der Themse hineinblickte. Mir war als spiegelte sich darinn meine Seele, als schaute sie mir aus dem Wasser entgegen mit allen ihren Wundenmalen … Dabey kamen mir die kummervollsten Geschichten ins Gedächtniß … Ich dachte an die Rose, die immer mit Essig begossen worden und dadurch ihre süßesten Düfte einbüßte und frühzeitig verwelkte ... Ich dachte an den verirrten Schmetterling, den ein Naturforscher, der den Montblanc bestieg, dort ganz einsam zwischen den Eiswänden umherflattern sah ... Ich dachte an die zahme Äffinn, die mit den Menschen so vertraut war, mit ihnen spielte, mit ihnen speiste, aber einst, bey Tische, in dem Braten, der in der Schüssel lag, ihr eignes junges Äffchen erkannte, es hastig ergriff, damit in den Wald eilte, und sich nie mehr unter ihren Freunden, den Menschen, sehen ließ ... Ach, mir ward so weh zu Muthe, daß mir gewaltsam die heißen Tropfen aus den Augen stürzten ... Sie fielen hinab in die Themse, und schwammen fort ins große Meer, das schon so manche Menschenthräne verschluckt hat, ohne es zu merken!

In diesem Augenblick geschah es, daß eine sonderbare Musik mich aus meinen dunklen Träumen weckte, und als ich mich umsah, bemerkte ich am Ufer einen Haufen Menschen, die um irgend ein ergötzliches Schauspiel einen Kreis gebildet zu haben schienen. Ich trat näher und erblickte eine Künstlerfamilie, welche aus folgenden vier Personen bestand:

Erstens, eine kleine untersetzte Frau, die ganz schwarz gekleidet war, einen sehr kleinen Kopf und einen mächtig dick hervortretenden Bauch hatte. Über diesen Bauch hing ihr eine ungeheuer große Trommel, worauf sie ganz unbarmherzig lostrommelte.

Zweitens, ein Zwerg, der wie ein altfranzösischer Marquis ein brodirtes Kleid trug, einen großen gepuderten Kopf, aber übrigens sehr dünne, winzige Gliedmaßen hatte und hin und hertänzelnd den Triangel schlug.

Drittens, ein etwa fünfzehnjähriges junges Mädchen, welches eine kurze, enganliegende Jacke von blaugestreifter Seide, und weite, ebenfalls blaugestreifte Pantalons trug. Es war eine luftiggebaute, anmuthige Gestalt. Das Gesicht griechisch schön. Edel grade Nase, lieblich geschürzte Lippen, träumerisch weich gerundetes Kinn, die Farbe sonnig gelb, die Haare glänzend schwarz um die Schläfen gewunden: so stand sie, schlank und ernsthaft, ja mißlaunig, und schaute auf die vierte Person der Gesellschaft, welche eben ihre Kunststücke produzirte.

Diese vierte Person war ein gelehrter Hund, ein sehr hoffnungsvoller Pudel, und er hatte eben, zur höchsten Freude des englischen Publikums, aus den Holzbuchstaben die man ihm vorgelegt, den Namen des Lord Wellington zusammengesetzt und ein sehr schmeichelhaftes Beywort, nemlich *Heros*, hinzugefügt. Da der Hund, was man schon seinem geistreichen Äußern anmerken konnte, kein englisches Vieh war, sondern, nebst den anderen drey Personen, aus Frankreich herübergekommen: so freuten sich Albions Söhne, daß ihr großer Feldherr wenigstens bey französischen Hunden jene Anerkennung erlangt habe, die ihm von den übrigen Creaturen Frankreichs so schmählig versagt wird.

In der That, diese Gesellschaft bestand aus Franzosen, und der Zwerg, welcher sich hiernächst als Monsieur Türlütü ankündigte, fing an in französischer Sprache und mit so leidenschaftlichen Gesten zu bramarbasiren, daß die armen Engländer, noch weiter als gewöhnlich, ihre Mäuler und Nasen aufsperrten. Manchmal, nach einer langen Phrase, krähte er wie ein Hahn, und diese Kikerikis, so wie auch die Namen von vielen Kaisern, Königen und Fürsten, die er seiner Rede einmischte, waren wohl das Einzige was die armen Zuschauer verstanden. Jene Kaiser, Könige und Fürsten rühmte er nemlich als seine Gönner und Freunde. Schon als Knabe von acht Jahren, wie er versicherte, hatte er eine lange Unterredung mit der höchstseligen Majestät Ludwig XVI, welcher auch späterhin, bey wichtigen Gelegenheiten, ihn immer um Rath fragte. Den Stürmen der Revoluzion war er, so wie viele andre, durch die Flucht entgangen, und erst unter dem Kaiserthum war er ins geliebte Vaterland zurückgekehrt, um Theil zu nehmen an dem Ruhm der großen Nazion. Napoleon, sagte er, habe ihn nie geliebt, dagegen von Sr. Heiligkeit dem Pabste Pius VII. sey er fast vergöttert worden. Der Kaiser Alexander gab ihm Bonbons, und die Prinzessinn Wilhelm von Kiritz nahm ihn immer auf den Schooß. Ja, von Kindheit auf, sagte er, habe er unter lauter Souverainen gelebt, die jetzigen Monarchen seyen gleichsam mit ihm aufgewachsen, und er betrachte sie wie Seinesgleichen, und er lege auch jedesmal Trauer an, wenn einer von ihnen das Zeitliche segne. Nach diesen gravitätischen Worten krähte er wie ein Hahn.

Monsieur Türlütü war in der That einer der kuriosesten Zwerge, die ich je gesehen; sein verrunzelt altes Gesicht bildete einen so putzigen Contrast mit seinem kindisch schmalen Leibchen und seine ganze Person kontrastirte wieder so putzig mit den Kunststücken die er produzirte. Er warf sich nemlich in die kecksten Posituren, und mit einem unmenschlich langen Rapiere durchstach er die Luft die Kreuz und die Quer, während er beständig bey seiner Ehre schwur, daß diese Quarte oder jene Terze von niemanden zu pariren sey, daß hingegen seine Parade von keinem sterblichen Menschen durchgeschlagen werden könne, und daß er jeden im Publikum auffordere sich mit ihm in der edlen Fechtkunst zu messen. Nachdem der Zwerg dieses Spiel einige Zeit getrieben und niemanden gefunden hatte, der sich zu einem öffentlichen Zweykampfe mit ihm entschließen wollte, verbeugte er sich mit altfranzösischer Grazie, dankte für den Beyfall, den man ihm gespendet, und nahm sich die Freyheit einem hochzuverehrenden Publiko das außerordentlichste Schauspiel anzukündigen, das jemals auf englischem Boden bewundert worden. »Sehen Sie, diese Person« – rief er, nachdem er schmutzige Glacéhandschuh angezogen und das junge Mädchen, das zur Gesellschaft gehörte, mit ehrfurchtsvoller Galanterie bis in die Mitte des Kreises geführt – »diese Person ist Mademoiselle Laurence, die einzige Tochter der ehrbaren und christlichen Dame, die

Sie dort mit der großen Trommel sehen und die jetzt noch Trauer trägt wegen des Verlustes ihres innigstgeliebten Gatten, des größten Bauchredners Europas! Mademoiselle Laurence wird jetzt tanzen! Bewundern Sie jetzt den Tanz von Mademoiselle Laurence!« Nach diesen Worten krähte er wieder wie ein Hahn.

Das junge Mädchen schien weder auf diese Reden, noch auf die Blicke der Zuschauer im mindesten zu achten; verdrießlich in sich selbst versunken harrte sie bis der Zwerg einen großen Teppich zu ihren Füßen ausgebreitet und wieder, in Begleitung der großen Trommel, seinen Triangel zu spielen begann. Es war eine sonderbare Musik, eine Mischung von täppischer Brummigkeit und wollüstigem Gekitzel, und ich vernahm eine pathetisch närrische, wehmüthig freche, bizarre Melodie, die dennoch von der sonderbarsten Einfachheit. Dieser Musik aber vergaß ich bald, als das junge Mädchen zu tanzen begann.

Tanz und Tänzerinn nahmen fast gewaltsam meine ganze Aufmerksamkeit in Anspruch. Das war nicht das klassische Tanzen, das wir noch in unseren großen Balleten finden, wo, eben so wie in der klassischen Tragödie, nur gespreitzte Einheiten und Künstlichkeiten herrschen; das waren nicht jene getanzten Alexandriner, jene deklamatorischen Sprünge, jene antithetischen Entrechats, jene edle Leidenschaft, die so wirbelnd auf einem Fuße herumpirouettirt, daß man nichts sieht als Himmel und Trikot, nichts als Idealität und Lüge! Es ist mir wahrlich nichts so sehr zuwider, wie das Ballet in der großen Oper zu Paris, wo sich die Tradizion jenes klassischen Tanzens am reinsten erhalten hat, während die Franzosen in den übrigen Künsten, in der Poesie, in der Musik, und in der Malerey, das klassische System umgestürzt haben. Es wird ihnen aber schwer werden eine ähnliche Revoluzion in der Tanzkunst zu vollbringen; es sey denn, daß sie hier wieder, wie in ihrer politischen Revoluzion, zum Terrorismus ihre Zuflucht nehmen und den verstockten Tänzern und

Tänzerinnen des alten Regimes die Beine guillotiniren. Mademoiselle Laurence war keine große Tänzerinn, ihre Fußspitzen waren nicht sehr biegsam, ihre Beine waren nicht geübt zu allen möglichen Verrenkungen, sie verstand nichts von der Tanzkunst wie sie Vestris lehrt, aber sie tanzte wie die Natur den Menschen zu tanzen gebietet: ihr ganzes Wesen war im Einklang mit ihren Pas, nicht bloß ihre Füße, sondern ihr ganzer Leib tanzte, ihr Gesicht tanzte … sie wurde manchmal blaß, fast todtenblaß, ihre Augen öffneten sich gespenstisch weit, um ihre Lippen zuckten Begier und Schmerz, und ihre schwarzen Haare, die in glatten Ovalen ihre Schläfen umschlossen, bewegten sich wie zwey flatternde Rabenflügel. Das war in der That kein klassischer Tanz, aber auch kein romantischer Tanz, in dem Sinne wie ein junger Franzose von der Eugène-Rendüelschen Schule sagen würde. Dieser Tanz hatte weder etwas Mittelalterliches, noch etwas Venezianisches, noch etwas Bucklichtes, noch etwas Makabrisches, es war weder Mondschein darin noch Blutschande … Es war ein Tanz, welcher nicht durch äußere Bewegungsformen zu amüsiren strebte, sondern die äußeren Bewegungsformen schienen Worte einer besonderen Sprache, die etwas Besonderes sagen wollte. Was aber sagte dieser Tanz? Ich konnte es nicht verstehen, so leidenschaftlich auch diese Sprache sich gebärdete. Ich ahnte nur manchmal, daß von etwas grauenhaft Schmerzlichem die Rede war. Ich der sonst die Signatur aller Erscheinungen so leicht begreift, ich konnte dennoch dieses getanzte Räthsel nicht lösen, und daß ich immer vergeblich nach dem Sinn desselben tappte, daran war auch wohl die Musik Schuld, die mich gewiß absichtlich auf falsche Fährten leitete, mich listig zu verwirren suchte und mich immer störte. Monsieur Türlütüs Triangel kicherte manchmal so hämisch! Madame Mutter aber schlug auf ihre große Trommel so zornig, daß ihr Gesicht, aus dem Gewölke der schwarzen Mütze, wie ein blutrothes Nordlicht hervorglühte.

Als die Truppe sich wieder entfernt hatte, blieb ich noch lange auf demselben Platze stehen, und dachte drüber nach, was dieser Tanz bedeuten mochte? War es ein südfranzösischer oder spanischer Nazionaltanz? An dergleichen mahnte wohl der Ungestüm, womit die Tänzerinn ihr Leibchen hin und her schleuderte, und die Wildheit womit sie manchmal ihr Haupt rückwärts warf, in der frevelhaft kühnen Weise jener Bachantinnen, die wir auf den Reliefs der antiquen Vasen mit Erstaunen betrachten. Ihr Tanz hatte dann etwas trunken Willenloses, etwas finster Unabwendbares, etwas Fatalistisches, sie tanzte dann wie das Schicksal. Oder waren es Fragmente einer uralten verschollenen Pantomime? Oder war es getanzte Privatgeschichte? Manchmal beugte sich das Mädchen zur Erde, wie mit lauerndem Ohre, als hörte sie eine Stimme, die zu ihr heraufspräche ... sie zitterte dann wie Espenlaub, bog rasch nach einer anderen Seite, entlud sich dort ihrer tollsten, ausgelassensten Sprünge, beugte dann wieder das Ohr zur Erde, horchte noch ängstlicher als zuvor, nickte mit dem Kopfe, ward roth, ward blaß, schauderte, blieb eine Weile kerzengrade stehen, wie erstarrt, und machte endlich eine Bewegung wie jemand der sich die Hände wäscht. War es Blut, was sie so sorgfältig lange, so grauenhaft sorgfältig von ihren Händen abwusch? Sie warf dabey seitwärts einen Blick, der so bittend, so flehend, so seelenschmelzend ... und dieser Blick fiel zufällig auf mich.

Die ganze folgende Nacht dachte ich an diesen Blick, an diesen Tanz, an das abentheuerliche Accompagnement; und als ich des anderen Tages, wie gewöhnlich, durch die Straßen von London schlenderte, empfand ich den sehnlichsten Wunsch der hübschen Tänzerinn wieder zu begegnen, und ich spitzte immer die Ohren, ob ich nicht irgend eine Trommel- und Triangelmusik hörte. Ich hatte endlich in London etwas gefunden, wofür ich mich interessirte, und ich wanderte nicht mehr zwecklos einher in seinen gähnenden Straßen.

Ich kam eben aus dem Tower und hatte mir dort die Axt, womit Anna Boleyn geköpft worden, genau betrachtet, so wie auch die Diamanten der englischen Krone und die Löwen, als ich auf dem Towerplatze, inmitten eines großen Menschenkreises, wieder Madame Mutter mit der großen Trommel erblickte und Monsieur Türlütü wie einen Hahn krähen hörte. Der gelehrte Hund scharrte wieder das Heldenthum des Lord Wellington zusammen, der Zwerg zeigte wieder seine unparirbaren Terzen und Quarten, und Mademoiselle Laurence begann wieder ihren wunderbaren Tanz. Es waren wieder dieselben räthselhaften Bewegungen, dieselbe Sprache die etwas sagte was ich nicht verstand, dasselbe ungestüme Zurückwerfen des schönen Kopfes, dasselbe Lauschen nach der Erde, die Angst die sich durch immer tollere Sprünge beschwichtigen will, und wieder das Horchen mit nach dem Boden geneigtem Ohr, das Zittern, das Erblassen, das Erstarren, dann auch das furchtbar geheimnißvolle Händewaschen, und endlich der bittende, flehende Seitenblick, der diesmal noch länger auf mich verweilte.

Ja, die Weiber, die jungen Mädchen eben so gut wie die Frauen, merken es gleich, sobald sie die Aufmerksamkeit eines Mannes erregen. Obgleich Mademoiselle Laurence, wenn sie nicht tanzte, immer regungslos verdrießlich vor sich hinsah, und während sie tanzte manchmal nur einen einzigen Blick auf das Publikum warf: so war es von jetzt an doch nie mehr bloßer Zufall, daß dieser Blick immer auf mich fiel, und je öfter ich sie tanzen sah, desto bedeutungsvoller stralte er, aber auch desto unbegreiflicher. Ich war wie verzaubert von diesem Blick, und drey Wochen lang, von Morgen bis Abend, trieb ich mich umher in den Straßen von London, überall verweilend, wo Mademoiselle Laurence tanzte. Trotz des größten Volksgeräusches, konnte ich schon in der weitesten Entfernung die Töne der Trommel und des Triangels vernehmen, und Monsieur Türlütü, sobald er mich heraneilen sah, erhub sein freundlichstes Krähen. Ohne daß ich mit ihm, noch mit Mademoiselle Laurence, noch mit Madame Mutter, noch mit dem gelehrten Hund, jemals ein Wort sprach, so schien ich doch am Ende ganz zu ihrer Gesellschaft zu gehören. Wenn Monsieur Türlütü Geld einsammelte, betrug er sich immer mit dem feinsten Takt, sobald er mir nahete, und er schaute immer nach einer entgegengesetzten Seite, wenn ich in sein dreyeckiges Hütchen ein kleines Geldstück warf. Er besaß wirklich einen vornehmen Anstand, er erinnerte an die guten Manieren der Vergangenheit, man konnte es dem kleinen Manne anmerken, daß er mit Monarchen aufgewachsen, und um so befremdlicher war es, wenn er zuweilen, ganz und gar seiner Würde vergessend, wie ein Hahn krähete.

Ich kann Ihnen nicht beschreiben, wie sehr ich verdrießlich wurde, als ich einst drey Tage lang vergebens die kleine Gesellschaft in allen Straßen Londons gesucht, und endlich wohl merkte, daß sie die Stadt verlassen habe. Die lange Weile nahm mich wieder in ihre bleyernen Arme und preßte mir wieder das Herz zusammen. Ich konnte es endlich nicht länger aushalten, sagte ein Lebewohl dem Mob, den Blackguards, den Gentlemen und den Fashionables von England, den vier Ständen des Reichs, und reiste zurück nach dem civilisirten festen Lande, wo ich vor der weißen Schürze des ersten Kochs, dem ich dort begegnete, anbetend niederkniete. Hier konnte ich wieder einmal wie ein vernünftiger Mensch zu Mittag essen und an der Gemüthlichkeit uneigennütziger Gesichter meine Seele erquicken. Aber Mademoiselle Laurence konnte ich nimmermehr vergessen, sie tanzte lange Zeit in meinem Gedächtnisse, in einsamen Stunden mußte ich noch oft nachdenken über die räthselhaften Pantomimen des schönen Kindes, besonders über das Lauschen mit nach der Erde gebeugtem Ohre. Es dauerte auch eine gute Weile ehe die abentheuerlichen Triangel- und Trommelmelodien in meiner Erinnerung verhallten.

Und das ist die ganze Geschichte? schrie auf einmal Maria, indem sie sich leidenschaftlich emporrichtete.

Maximilian aber drückte sie wieder sanft nieder, legte bedeutungsvoll den Zeigefinger auf seinen Mund und flüsterte: Still! still! nur kein Wort gesprochen, liegen Sie wieder hübsch ruhig, und ich werde Ihnen den Schwanz der Geschichte erzählen. Nur bey Leibe unterbrechen Sie mich nicht.

Indem er sich noch etwas gemächlicher in seinem Sessel zurücklehnte, fuhr Maximilian folgendermaßen fort in seiner Erzählung:

Fünf Jahre nach diesem Begebniß kam ich zum erstenmale nach Paris, und zwar in einer sehr merkwürdigen Periode. Die Franzosen hatten so eben ihre Juliusrevoluzion aufgeführt, und die ganze Welt applaudirte. Dieses Stück war nicht so gräßlich wie die früheren Tragödien der Republik und des Kaiserreichs. Nur einige tausend Leichen blieben auf dem Schauplatz. Auch waren die politischen Romantiker nicht sehr zufrieden und kündigten ein neues Stück an, worin mehr Blut fließen würde und wo der Henker mehr zu thun bekäme.

Paris ergötzte mich sehr, durch die Heiterkeit, die sich in allen Erscheinungen dort kund giebt und auch auf ganz verdüsterte Gemüther ihren Einfluß ausübt. Sonderbar! Paris ist der Schauplatz, wo die größten Tragödien der Weltgeschichte aufgeführt werden, Tragödien bey deren Erinnerung sogar in den entferntesten Ländern die Herzen zittern und die Augen naß werden; aber dem Zuschauer dieser großen Tragödien ergeht es hier in Paris, wie es mir einst an der Porte-Saint-Martin erging, als ich die Tour-de-Nesle aufführen sah. Ich kam nemlich hinter eine Dame zu sitzen, die einen Hut von rosarother Gace trug, und dieser Hut war so breit, daß er mir die ganze Aussicht auf die Bühne versperrte, daß ich alles was dort tragirt wurde, nur durch die rothe Gace dieses Hutes sah, und daß mir also alle Greuel der Tour-de-Nesle im heitersten Rosenlichte erschienen. Ja, es giebt in Paris ein solches Rosenlicht, welches alle Tragödien für den nahen Zuschauer erheitert, damit ihm dort der Lebensgenuß nicht verleidet wird. Sogar die Schrecknisse, die man im eignen Herzen mitgebracht hat nach Paris, verlieren dort ihre beängstigende Schauer. Die Schmerzen werden sonderbar besänftigt. In dieser Luft von Paris heilen alle Wunden viel schneller als irgendanderswo; es ist in dieser Luft etwas so Großmüthiges, so Mildreiches, so Liebenswürdiges wie im Volke selbst.

Was mir am besten an diesem pariser Volke gefiel, das war sein höfliches Wesen und sein vornehmes Ansehen. Süßer Ananasduft der Höflichkeit! wie wohlthätig erquicktest du meine kranke Seele, die in Deutschland so viel Tabacksqualm, Sauerkrautsgeruch und Grobheit eingeschluckt! Wie Rossinische Melodien erklangen in meinem Ohr die artigen Entschuldigungsreden eines Franzosen, der am Tage meiner Ankunft, mich auf der Straße nur leise gestoßen hatte. Ich erschrak fast vor solcher süßen Höflichkeit, ich, der ich an deutschflegelhaften Rippenstößen ohne Entschuldigung gewöhnt war. Während der ersten Woche meines Aufenthalts in Paris suchte ich vorsätzlich einigemal gestoßen zu werden, bloß um mich an dieser Musik der Entschuldigungsreden zu erfreuen. Aber nicht bloß wegen dieser Höflichkeit, sondern auch schon seiner Sprache wegen, hatte für mich das französische Volk einen gewissen Anstrich von Vornehmheit. Denn wie Sie wissen, bey uns im Norden, gehört die französische Sprache zu den Attributen des hohen Adels, mit Französisch-Sprechen hatte ich von Kindheit an die Idee der Vornehmheit verbunden. Und so eine pariser Dame-de-lahalle sprach besser Französisch als eine deutsche Stiftsdame von vier und sechzig Ahnen.

Wegen dieser Sprache, die ihm ein vornehmes Ansehen verleiht, hatte das französische Volk in meinen Augen etwas allerliebst Fabelhaftes. Dieses entsprang aus einer anderen Reminiszenz meiner Kindheit. Das erste Buch nemlich, worinn ich französisch Lesen lernte, waren die Fabeln von Lafontaine; die naiv vernünftigen Redensarten derselben hatten sich meinem Gedächtnisse am unauslöschlichsten eingeprägt, und als ich nun nach Paris kam und überall Französisch sprechen hörte, erinnerte ich mich beständig der lafontaineschen Fabeln, ich glaubte immer die wohlbekannten Thierstimmen zu hören: jetzt sprach der Löwe, dann wieder sprach der Wolf, dann das Lamm, oder der Storch, oder die Taube, nicht selten vermeinte ich auch den Fuchs zu vernehmen, und in meiner Erinnerung erwachten manchmal die Worte:

He! bon jour, Monsieur le corbeau!
Que vous êtes joli, que vous me semblez beau!

Solche fabelhafte Reminiszenzen erwachten aber in meiner Seele noch viel öfter, wenn ich zu Paris in jene höhere Region gerieth, welche man die Welt nennt. Dieses war ja eben jene Welt, die dem seligen Lafontaine die Typen seiner Thierkaraktere geliefert hatte. Die Wintersaison begann bald nach meiner Ankunft in Paris, und ich nahm Theil an dem Salonleben, worin sich jene Welt mehr oder minder lustig herumtreibt. Als das Interessanteste dieser Welt frappirte mich nicht sowohl die Gleichheit der feinen Sitten, die dort herrscht, sondern vielmehr die Verschiedenheit ihrer Bestandtheile. Manchmal, wenn ich mir in einem großen Salon die Menschen betrachtete, die sich dort friedlich versammelt, glaubte ich mich in jenen Raritätenboutiquen zu befinden, wo die Reliquien aller Zeiten kunterbunt neben einander ruhen: ein griechischer Apollo neben einer chinesischen Pagode, ein mexikanischer Vitzliputzli neben einem gothischen Ecce-homo, egyptische Götzen mit Hundeköpfchen, heilige Fratzen von Holz, von Elfenbein, von Metall u. s. w. Da sah ich alte Mousketairs, die einst mit Maria Antoinette getanzt, Republikaner von der gelinden Observanz, die in der Assemblee-Nationale vergöttert wurden, Montagnards ohne Barmherzigkeit und ohne Flecken, ehemalige Direktorialmänner, die im Luxemburg gethront, Großwürdenträger des Empires, vor denen ganz Europa gezittert, herrschende Jesuiten der Restaurazion, kurz lauter abgefärbte, verstümmelte Gottheiten aus allen Zeitaltern, und woran niemand mehr glaubt. Die Namen heulen wenn sie sich berühren, aber die Menschen sieht man friedsam und freundlich neben einander stehen, wie die Antiquitäten in den erwähnten Boutiquen des Quai Voltaire. In germanischen Landen, wo die Leidenschaften weniger disciplinirbar sind, wäre ein gesellschaftliches Zusammenleben so heterogener Personen etwas ganz Unmögliches. Auch ist bey uns, im kalten Norden, das Bedürfniß des Sprechens nicht so stark wie im wärmeren Frankreich, wo die größten Feinde, wenn sie sich in einem Salon begegnen, nicht lange ein finsteres Stillschweigen beobachten können. Auch ist in Frankreich die Gefallsucht so groß, daß man eifrig dahin strebt nicht bloß den Freunden, sondern auch den Feinden zu gefallen. Da ist ein beständiges Drappiren und Minaudiren und die Weiber haben hier ihre liebe Mühe die Männer in der Coketterie zu übertreffen; aber es gelingt ihnen dennoch.

Ich will mit dieser Bemerkung nichts Böses gemeint haben, bey Leibe nichts Böses in Betreff der französischen Frauen, und am allerwenigsten in Betreff der Pariserinnen. Bin ich doch der größte Verehrer derselben, und ich verehre sie ihrer Fehler wegen noch weit mehr als wegen ihrer Tugenden. Ich kenne nichts Treffenderes als die Legende, daß die Pariserinnen mit allen möglichen Fehlern zur Welt kommen, daß aber eine holde Fee sich ihrer erbarmt und jedem ihrer Fehler einen Zauber verleiht, wodurch er sogar als ein neuer Liebreitz wirkt. Diese holde Fee ist die Grazie. Sind die Pariserinnen schön? Wer kann das wissen! Wer kann alle Intriguen der Toilette durchschauen, wer kann entziffern ob das ächt ist, was der Tüll verräth, oder ob das falsch ist, was das bauschige Seidenzeug vorpralt!

Und ist es dem Auge gelungen durch die Schale zu dringen und sind wir eben im Begriff den Kern zu erforschen, dann hüllt er sich gleich in eine neue Schale, und nachher wieder in eine neue, und durch diesen unaufhörlichen Modewechsel spotten sie des männlichen Scharfblicks. Sind ihre Gesichter schön? Auch dieses wäre schwierig zu ermitteln. Denn alle ihre Gesichtszüge sind in beständiger Bewegung, jede Pariserinn hat tausend Gesichter, eins lachender, geistreicher, holdseliger als das andere, und setzt denjenigen in Verlegenheit, der darunter das schönste Gesicht auswählen oder gar das wahre Gesicht errathen will. Sind ihre Augen groß? Was weiß ich! Wir untersuchen nicht lange das Caliber der Kanone, wenn ihre Kugel uns den Kopf entführt. Und wen sie nicht treffen, diese Augen, den blenden sie wenigstens durch ihr Feuer, und er ist froh genug sich in sicherer Schußweite zu halten. Ist der Raum zwischen Nase und Mund bey ihnen breit oder schmal? Manchmal ist er breit, wenn sie die Nase rümpfen; manchmal ist er schmal, wenn ihre Oberlippe sich übermüthig bäumt. Ist ihr Mund groß oder klein? Wer kann wissen wo der Mund aufhört und das Lächeln beginnt? Damit ein richtiges Urtheil gefällt werde, muß der Beurtheilende und der Gegenstand der Beurtheilung sich im Zustande der Ruhe befinden. Aber wer kann ruhig bey einer Pariserinn seyn und welche Pariserinn ist jemals ruhig? Es giebt Leute, welche glauben, sie könnten den Schmetterling ganz genau betrachten, wenn sie ihn mit einer Nadel aufs Papier festgestochen haben. Das ist eben so thörigt wie grausam. Der angeheftete, ruhige Schmetterling ist kein Schmetterling mehr. Den Schmetterling muß man betrachten wenn er um die Blumen gaukelt ... und die Pariserinn muß man betrachten, nicht in ihrer Häuslichkeit, wo sie mit der Nadel in der Brust befestigt ist, sondern im Salon, bey Soireen und Bällen, wenn sie mit den gestickten Gace- und Seidenflügeln dahinflattert, unter den blitzenden Krystallkronen der Freude! Dann offenbart sich bey ihnen eine hastige Lebenssucht, eine Begier nach süßer Betäubung, ein Lechzen nach Trunkenheit, wodurch sie fast grauenhaft verschönert werden und einen Reitz gewinnen, der unsere Seele zugleich entzückt und erschüttert. Dieser Durst das Leben zu genießen, als wenn in der nächsten Stunde der Tod sie schon abriefe von der sprudelnden Quelle des Genusses, oder als wenn diese Quelle in der nächsten Stunde schon versiegt seyn würde, diese Hast, diese Wuth, dieser Wahnsinn der Pariserinnen, wie er sich besonders auf Bällen zeigt, mahnt mich immer an die Sage von den todten Tänzerinnen, die man bey uns die Willis nennt. Diese sind nämlich junge Bräute, die vor dem Hochzeittage gestorben sind, aber die unbefriedigte Tanzlust so gewaltig im Herzen bewahrt haben, daß sie nächtlich aus ihren Gräbern hervorsteigen, sich schaarenweis an den Landstraßen versammeln, und sich dort, während der Mitternachtsstunde, den wildesten Tänzen überlassen. Geschmückt mit ihren Hochzeitkleidern, Blumenkränze auf den Häuptern, funkelnde Ringe an den bleichen Händen, schauerlich lachend, unwiderstehlich schön, tanzen die Willis im Mondschein, und sie tanzen immer um so tobsüchtiger und ungestümer, je mehr sie fühlen, daß die vergönnte Tanzstunde zu Ende rinnt, und sie wieder hinabsteigen müssen in die Eiskälte des Grabes.

Es war auf einer Soiree in der Chaussee d'Antin, wo mir diese Betrachtung recht tief die Seele bewegte. Es war eine glänzende Soiree, und nichts fehlte an den herkömmlichen Ingredienzen des gesellschaftlichen Vergnügens: genug Licht um beleuchtet zu werden, genug Spiegel um sich betrachten zu können, genug Menschen um sich heiß zu drängen, genug Zuckerwasser und Eis um sich abzukühlen. Man begann mit Musik. Franz Liszt hatte sich ans Fortepiano drängen lassen, strich seine Haare aufwärts über die geniale Stirne, und lieferte eine seiner brillantesten Schlachten. Die Tasten schienen zu bluten. Wenn ich nicht irre, spielte er eine Passage aus den Palingenesieen von Ballanche, dessen Ideen er in die Musik übersetzte, was sehr nützlich für diejenigen, welche die Werke dieses berühmten Schriftstellers nicht im Originale lesen können. Nachher spielte er den Gang nach der Hinrichtung, *la marche au supplice*, von Berlioz, das treffliche Stück, welches dieser junge Musiker, wenn ich nicht irre, am Morgen seines Hochzeitstages komponirt hat. Im ganzen Saale erblassende Gesichter, wogende Busen, leises Athmen während den Pausen, endlich tobender Beyfall. Die Weiber sind immer wie berauscht, wenn Liszt ihnen etwas vorgespielt hat. Mit tollerer Freude überließen sie sich jetzt dem Tanz, die Willis des Salon, und ich hatte Mühe mich aus dem Getümmel in ein Nebenzimmer zu retten. Hier wurde gespielt und auf großen Sesseln ruheten einige Damen, die den Spielenden zuschauten, oder sich wenigstens das Ansehen gaben, als interessirten sie sich für das Spiel. Als ich einer dieser Damen vorbeystreifte und ihre Robe meinen Arm berührte, fühlte ich von der Hand bis hinauf zur Schulter ein leises Zucken, wie von einem sehr schwachen elektrischen Schlage. Ein solcher Schlag durchfuhr aber mit der größten Stärke mein ganzes Herz, als ich das Antlitz der Dame betrachtete. Ist sie es oder ist sie es nicht? Es war dasselbe Gesicht, das an Form und sonniger Färbung einer Antique glich; nur war es nicht mehr so marmorrein und marmorglatt wie ehemals. Dem geschärften Blicke waren auf Stirn und Wange einige kleine Brüche, vielleicht Pockennarben, bemerkbar, die hier ganz an jene feinen Witterungsflecken mahnten, wie man sie auf dem Gesichte von Statuen, die einige Zeit dem Regen ausgesetzt standen, zu finden pflegt. Es waren auch dieselben schwarzen Haare, die in glatten Ovalen, wie Rabenflügel, die Schläfen bedeckten. Als aber ihr Auge dem meinigen begegnete, und zwar mit jenem wohlbekannten Seitenblick, dessen rascher Blitz mir immer so räthselhaft durch die Seele schoß, da zweifelte ich nicht länger: es war Mademoiselle Laurence.

Vornehm hingestreckt in ihrem Sessel, in der einen

Hand einen Blumenstrauß, mit der anderen gestützt auf der Armlehne, saß Mademoiselle Laurence unfern eines Spieltisches und schien dort dem Wurf der Karten ihre ganze Aufmerksamkeit zu widmen. Vornehm und zierlich war ihr Anzug, aber dennoch ganz einfach, von weißem Atlas. Außer Armbändern und Brustnadel von Perlen trug sie keinen Schmuck. Eine Fülle von Spitzen bedeckte den jugendlichen Busen, bedeckte ihn fast puritanisch bis am Halse, und in dieser Einfachheit und Zucht der Bekleidung, bildete sie einen rührend lieblichen Contrast mit einigen älteren Damen, die, buntgeputzt und diamantenblitzend, neben ihr saßen und die Ruinen ihrer ehemaligen Herrlichkeit, die Stelle wo einst Troya stand, melancholisch nackt zur Schau trugen. Sie sah noch immer wunderschön und entzückend verdrießlich aus, und es zog mich unwiderstehbar zu ihr hin, und endlich stand ich hinter ihrem Sessel, brennend vor Begier mit ihr zu sprechen, jedoch zurückgehalten von zagender Delikatesse.

Ich mochte wohl schon einige Zeit schweigend hinter ihr gestanden haben, als sie plötzlich aus ihrem Bouquet eine Blume zog, und ohne sich nach mir umzusehen, über ihre Schulter hinweg, mir diese Blume hinreichte. Sonderbar war der Duft dieser Blume und er übte auf mich eine eigenthümliche Verzauberung. Ich fühlte mich entrückt aller gesellschaftlichen Förmlichkeit, und mir war wie in einem Traume, wo man allerley thut und spricht, worüber man sich selber wundert und wo unsere Worte einen gar kindisch traulichen und einfachen Charakter tragen. Ruhig, gleichgültig, nachlässig, wie man es bey alten Freunden zu thun pflegt, beugte ich mich über die Lehne des Sessels, und flüsterte der jungen Dame in's Ohr:

Mademoiselle Laurence, wo ist denn die Mutter mit der Trommel?

»Sie ist todt«, antwortete sie, in demselben Tone, eben so ruhig, gleichgültig, nachlässig.

Nach einer kurzen Pause beugte ich mich wieder über die Lehne des Sessels und flüsterte der jungen Dame ins Ohr: Mademoiselle Laurence, wo ist denn der gelehrte Hund?

»Er ist fortgelaufen in die weite Welt!« antwortete sie wieder in demselben ruhigen, gleichgültigen, nachlässigen Tone.

Und wieder nach einer kurzen Pause, beugte ich mich über die Lehne des Sessels und flüsterte der jungen Dame ins Ohr: Mademoiselle Laurence, wo ist denn Monsieur Türlütü, der Zwerg?

»Er ist bey den Riesen auf dem Boulevard du Temple«, antwortete sie. Sie hatte aber kaum diese Worte gesprochen, und zwar wieder in demselben ruhigen, gleichgültigen, nachlässigen Tone, als ein ernster alter Mann, von hoher militärischer Gestalt, zu ihr hintrat und ihr meldete, daß ihr Wagen vorgefahren sey. Langsam von ihrem Sitze sich erhebend hing sie sich jenem an den Arm, und ohne auch nur einen Blick auf mich zurückzuwerfen, verließ sie mit ihm die Gesellschaft.

Als ich die Dame des Hauses, die den ganzen Abend am Eingange des Hauptsaales stand und den Ankommenden und Fortgehenden ihr Lächeln präsentirte, um den Namen der jungen Person befragte, die so eben mit dem alten Manne fortgegangen, lachte sie mir heiter ins Gesicht und rief: »Mein Gott! wer kann alle Menschen kennen! ich kenne ihn eben so wenig ...« Sie stockte, denn sie wollte gewiß sagen, eben so wenig wie mich selber, den sie ebenfalls an jenem Abende zum erstenmale gesehen. Vielleicht, bemerkte ich ihr, kann mir Ihr Herr Gemahl einige Auskunft geben; wo finde ich ihn?

»Auf der Jagd bey Saint-Germain«, antwortete die Dame mit noch stärkerem Lachen, »er ist heute in der Frühe abgereist und kehrt erst morgen Abend zurück ... Aber warten Sie, ich kenne jemanden, der mit der Dame wonach Sie sich erkundigen viel gesprochen hat; ich weiß nicht seinen Namen, aber Sie können ihn leicht erfragen, wenn Sie sich nach dem jungen Menschen erkundigen, dem Herr Casimir Perrier einen Fußtritt gegeben hat, ich weiß nicht wo.«

So schwer es auch ist, einen Menschen daran zu erkennen, daß er vom Minister einen Fußtritt erhalten, so hatte ich doch meinen Mann bald ausfindig gemacht, und ich verlangte von ihm nähere Aufklärung über das sonderbare Geschöpf, das mich so sehr interessirte und das ich ihm deutlich genug zu bezeichnen wußte. »Ja, sagte der junge Mensch, ich kenne sie ganz genau, ich habe auf mehren Soireen mit ihr gesprochen« – und er wiederholte mir eine Menge nichtssagender Dinge, womit er sie unterhalten. Was ihm besonders aufgefallen, war ihr ernsthafter Blick, jedesmal wenn er ihr eine Artigkeit sagte. Auch wunderte er sich nicht wenig, daß sie seine Einladung zu einer Contredance immer abgelehnt, und zwar mit der Versicherung: sie verstünde nicht zu tanzen. Namen und Verhältnisse kannte er nicht. Und niemand, so viel ich mich auch erkundigte, wußte mir hierüber etwas Näheres mitzutheilen. Vergebens rannte ich durch alle möglichen Soireen, nirgends konnte ich Mademoiselle Laurence wiederfinden.

Und das ist die ganze Geschichte? – rief Maria, indem sie sich langsam umdrehte und schläfrig gähnte – das ist die ganze merkwürdige Geschichte? Und Sie haben weder Mademoiselle Laurence, noch die Mutter mit der Trommel, noch den Zwerg Türlütü, und auch nicht den gelehrten Hund jemals wiedergesehn?

Bleiben Sie ruhig liegen, versetzte Maximilian. Ich habe sie alle wiedergesehen, sogar den gelehrten Hund. Er befand sich freylich in einer sehr schlimmen Noth, der arme Schelm, als ich ihm zu Paris begegnete. Es war im Quartier Latin. Ich kam eben der Sorbonne vorbey, und aus den Pforten derselben stürzte ein Hund, und hinter ihm drein, mit Stöcken, ein Dutzend Studenten, zu denen sich bald zwey Dutzend alte Weiber gesellen, die alle im Chorus schreyen: der Hund ist toll! Fast menschlich sah das unglückliche Thier aus in seiner Todesangst, wie Thränen floß das Wasser aus seinen Augen, und als er keuchend an mir vorbey rannte und sein feuchter Blick an mich hinstreifte, erkannte ich meinen alten Freund, den gelehrten Hund, den Lobredner von Lord Wellington, der einst das Volk von England mit Bewunderung erfüllt. War er vielleicht wirklich toll? War er vielleicht vor lauter Gelehrsamkeit übergeschnappt, als er im Quartier Latin seine Studien fortsetzte? Oder hatte er vielleicht in der Sorbonne, durch leises Scharren oder Knurren, seine Mißbilligung zu erkennen gegeben, über die pausbäckigen Charlatanerien irgend eines Professors, der sich seines ungünstigen Zuhörers dadurch zu entledigen suchte, daß er ihn für toll erklärte? Und ach! die Tugend untersucht nicht lange, ob es verletzter Gelehrtendünkel oder gar Brodneid war, welcher zuerst ausrief: der Hund ist toll! und sie schlägt zu mit ihren gedankenlosen Stöcken, und auch die alten Weiber sind dann bereit mit ihrem Geheule und sie überschreyen die Stimme der Unschuld und der Vernunft. Mein armer Freund mußte unterliegen, vor meinen Augen wurde er erbärmlich todtgeschlagen, verhöhnt, und endlich auf einen Misthaufen geworfen! Armer Märtyrer der Gelehrsamkeit!

Nicht viel heiterer war der Zustand des Zwergs, Monsieur Türlütü, als ich ihn auf dem Boulevard du Temple wiederfand. Mademoiselle Laurence hatte mir zwar gesagt, er habe sich dorthin begeben, aber sey es, daß ich nicht daran dachte ihn im Ernste dort zu suchen, oder daß das Menschengewühl mich dort daran verhinderte, genug, erst spät bemerkte ich die Boutique, wo die Riesen zu sehen sind. Als ich hineintrat fand ich zwey lange Schlingel, die müßig auf der Pritsche lagen und rasch aufsprangen und sich in Riesenpositur vor mich hinstellten. Sie waren wahrhaftig nicht so groß, wie sie auf ihrem Aushängezettel prahlten. Es waren zwey lange Schlingel, welche in Rosatrikot gekleidet gingen, sehr schwarze, vielleicht falsche Backenbärte trugen und ausgehöhlte Holzkeulen über ihre Köpfe schwangen. Als ich sie nach dem Zwerg befragte, wovon ihr Aushängezettel ebenfalls Meldung thue, erwiederten sie, daß er seit vier Wochen, wegen seiner zunehmenden Unpäßlichkeit, nicht mehr gezeigt werde, daß ich ihn aber dennoch sehen könne, wenn ich das doppelte Entrée-Geld bezahlen wolle. Wie gern bezahlt man, um einen Freund wieder zu sehen, das doppelte Entrée-Geld! Und ach! es war ein Freund, den ich auf dem Sterbebette fand. Dieses Sterbebett war eigentlich eine Kinderwiege, und darin lag der arme Zwerg mit seinem gelb verschrumpften Greisengesicht. Ein etwa vierjähriges kleines Mädchen saß neben ihm und bewegte mit dem Fuße die Wiege und sang in lachend schäckerndem Tone:

Schlaf, Türlütüchen, schlafe!

Als der Kleine mich erblickte, öffnete er so weit als möglich seine gläsern blassen Augen und ein wehmüthiges Lächeln zuckte um seine weißen Lippen; er schien mich gleich wieder zu erkennen, reichte mir sein vertrocknetes Händchen und röchelte leise: alter Freund!

Es war in der That ein betrübsamer Zustand worinn ich den Mann fand, der schon im achten Jahre mit Ludwig XVI. eine lange Unterredung gehalten, den der Zaar Alexander mit Bonbons gefüttert, den die Prinzessinn von Kiritz auf dem Schooße getragen, den der Pabst vergöttert und den Napoleon nie geliebt hatte! Dieser letztere Umstand bekümmerte den Unglücklichen noch auf seinem Todtbette, oder wie gesagt in seiner Todeswiege, und er weinte über das tragische Schicksal des großen Kaisers, der ihn nie geliebt, der aber in einem so kläglichen Zustande auf Sankt Helena geendet – »ganz wie ich jetzt endige, setzte er hinzu, einsam, verkannt, verlassen von allen Königen und Fürsten, ein Hohnbild ehemaliger Herrlichkeit!«

Obgleich ich nicht recht begriff, wie ein Zwerg, der unter Riesen stirbt, sich mit dem Riesen, der unter Zwergen gestorben, vergleichen konnte, so rührten mich doch die Worte des armen Türlütü und gar sein verlassener Zustand in der Sterbestunde. Ich konnte nicht umhin meine Verwunderung zu bezeugen, daß Mademoiselle Laurence, die jetzt so vornehm geworden, sich nicht um ihn bekümmere. Kaum hatte ich aber diesen Namen genannt, so bekam der Zwerg in der Wiege die furchtbarsten Krämpfe und mit seinen weißen Lippen wimmerte er: »Undankbares Kind! das ich auferzogen, das ich zu meiner Gattin erheben wollte, dem ich gelehrt, wie man sich unter den Großen dieser Welt bewegen und gebährden muß, wie man lächelt, wie man sich bey Hof verbeugt, wie man repräsentirt … du hast meinen Unterricht gut benutzt, und bist jetzt eine große Dame, und hast jetzt eine Kutsche, und Lakayen, und viel Geld, und viel Stolz, und kein Herz. Du läßt mich hier sterben, einsam und elend sterben, wie Napoleon auf Sankt Helena! O Napoleon, du hast mich nie geliebt …« Was er hinzusetzte konnte ich nicht verstehen. Er hob sein Haupt, machte einige Bewegungen mit der Hand, als ob er gegen jemanden fechte, vielleicht gegen den Tod. Aber der Sense dieses Gegners widersteht kein Mensch, weder ein Napoleon noch ein Türlütü. Hier hilft keine Parade. Matt, wie überwunden, ließ der Zwerg sein Haupt wieder sinken, sah mich lange an mit einem unbeschreibbar geisterhaften Blick, krähte plötzlich wie ein Hahn, und verschied.

Dieser Todesfall betrübte mich um so mehr, da mir der Verstorbene keine nähere Auskunft über Mademoiselle Laurence gegeben hatte. Wo sollte ich sie jetzt wiederfinden? Ich war weder verliebt in sie, noch fühlte ich sonstig große Zuneigung zu ihr, und doch stachelte mich eine geheimnißvolle Begier, sie überall zu suchen; wenn ich in irgend einen Salon getreten, und die Gesellschaft gemustert, und das wohlbekannte Gesicht nicht fand, dann verlor ich bald alle Ruhe und es trieb mich wieder von hinnen. Über dieses Gefühl nachdenkend stand ich einst, um Mitternacht, an einem entlegenen Eingang der großen Oper, auf einen Wagen wartend, und sehr verdrießlich wartend, da es eben stark regnete. Aber es kam kein Wagen, oder vielmehr es kamen nur Wagen, welche anderen Leuten gehörten, die sich vergnügt hineinsetzten, und es wurde allmählig sehr einsam um mich her. »So müssen Sie denn mit mir fahren« sprach endlich eine Dame, die, tief verhüllt in ihrer schwarzen Mantille, ebenfalls harrend einige Zeit neben mir gestanden, und jetzt im Begriffe war, in einen Wagen zu steigen. Die Stimme zuckte mir durchs Herz, der wohlbekannte Seitenblick übte wieder seinen Zauber, und ich war wieder wie im Traume, als ich mich neben Mademoiselle Laurence in einem weichen warmen Wagen befand. Wir sprachen kein Wort, hätten auch einander nicht verstehen können, da der Wagen mit dröhnendem Geräusche durch die Straßen von Paris dahinrasselte, sehr lange, bis er endlich vor einem großen Thorweg stille hielt.

Bediente in brillianter Livree leuchteten uns die Treppe hinauf und durch eine Reihe Gemächer. Eine Kammerfrau, die mit schläfrigem Gesichte uns entgegen kam, stotterte unter vielen Entschuldigungen, daß nur im rothen Zimmer eingeheitzt sey. Indem sie der Frau einen Wink gab, sich zu entfernen, sprach Laurence mit Lachen: »der Zufall führt Sie heute weit, nur in meinem Schlafzimmer ist eingeheitzt …«

In diesem Schlafzimmer, worin wir uns bald allein befanden, loderte ein sehr gutes Kaminfeuer, welches um so ersprießlicher, da das Zimmer ungeheur groß und hoch war. Dieses große Schlafzimmer, dem vielmehr der Name Schlafsaal gebührte, hatte auch etwas sonderbar Ödes. Möbel und Dekorazion, alles trug dort das Gepräge einer Zeit, deren Glanz uns jetzt so bestäubt und deren Erhabenheit uns jetzt so nüchtern erscheint, daß ihre Reliquien bey uns ein gewisses Unbehagen, wo nicht gar ein geheimes Lächeln erregen. Ich spreche nemlich von der Zeit des Empires, von der Zeit der goldnen Adler, der hochfliegenden Federbüsche, der griechischen Coiffüren, der Gloire, der militärischen Messen, der offiziellen Unsterblichkeit, die der Moniteur dekretirte, des Kontinentalkaffees, welchen man aus Cigorien verfertigte, und des schlechten Zuckers, den man aus Runkelrüben fabrizirte und der Prinzen und Herzöge, die man aus gar nichts machte. Sie hatte aber immer ihren Reitz, diese Zeit des pathetischen Materialismus ... Talma deklamirte, Gros malte, die Bigotini tanzte, Maury predigte, Rovigo hatte die Polizey, der Kaiser las den Ossian, Pauline Borghese ließ sich mouliren als Venus, und zwar ganz nackt, denn das Zimmer war gut geheitzt, wie das Schlafzimmer worin ich mich mit Mademoiselle Laurence befand.

Wir saßen am Kamin, vertraulich schwatzend, und seufzend erzählte sie mir, daß sie verheurathet sey, an einen bonapartistischen Helden, der sie alle Abende, vor dem Zubettgehn, mit der Schilderung einer seiner Schlachten erquicke; er habe ihr vor einigen Tagen, ehe er abgereist, die Schlacht bey Jena geliefert; er sey sehr kränklich und werde schwerlich den russischen Feldzug überleben. Als ich sie frug, wie lange ihr Vater todt sey? lachte sie und gestand, daß sie nie einen Vater gekannt habe, und daß ihre sogenannte Mutter niemals verheurathet gewesen sey.

Nicht verheurathet, rief ich, ich habe sie ja selber zu London, wegen den Tod ihres Mannes, in tiefster Trauer gesehen?

»O, erwiederte Laurence, sie hat während zwölf Jahren sich immer schwarz gekleidet, um bey den Leuten Mitleid zu erregen, als unglückliche Wittwe, nebenbey auch um irgend einen heurathslustigen Gimpel anzulocken, und sie hoffte unter schwarzer Flagge desto schneller in den Hafen der Ehe zu gelangen. Aber nur der Tod erbarmte sich ihrer, und sie starb an einem Blutsturz. Ich habe sie nie geliebt, denn sie hat mir immer viel Schläge und wenig zu essen gegeben. Ich wäre verhungert, wenn mir nicht manchmal Monsieur Türlütü ein Stückchen Brod ins Geheim zusteckte; aber der Zwerg verlangte dafür, daß ich ihn heurathe, und als seine Hoffnungen scheiterten, verband er sich mit meiner Mutter, ich sage Mutter aus Gewohnheit, und beide quälten mich gemeinschaftlich. Da sagten sie immer, ich sey ein überflüssiges Geschöpf, der gelehrte Hund sey tausendmal mehr werth als ich mit meinem schlechten Tanzen. Und sie lobten dann den Hund auf meine Kosten, rühmten ihn bis in den Himmel, streichelten ihn, fütterten ihn mit Kuchen, und warfen mir die Krumen zu. Der Hund, sagten sie, sey ihre beste Stütze, er entzücke das Publikum, das sich für mich nicht im mindesten interessire, der Hund müsse mich ernähren mit seiner Arbeit, ich fräße das Gnadenbrod des Hundes. Der verdammte Hund!«

O, verwünschen Sie ihn nicht mehr, unterbrach ich die Zürnende, er ist jetzt todt, ich habe ihn sterben sehen ...

»Ist die Bestie verreckt?« rief Laurence indem sie aufsprang, erröthende Freude im ganzen Gesichte.

Und auch der Zwerg ist todt, setzte ich hinzu.

»Monsieur Türlütü?« rief Laurence, ebenfalls mit Freude. Aber diese Freude schwand allmählich aus ihrem Gesichte, und mit einem milderen, fast wehmüthigen Tone, sprach sie endlich: »Armer Türlütü!«

Als ich ihr nicht verhehlte, daß sich der Zwerg in seiner Sterbestunde sehr bitter über sie beklagt, gerieth sie in die leidenschaftlichste Bewegung, und versicherte mir unter vielen Betheurungen, daß sie die Absicht hatte den Zwerg aufs Beste zu versorgen, daß sie ihm ein Jahrgehalt angeboten, wenn er still und bescheiden irgendwo in der Provinz leben wolle. »Aber ehrgeitzig wie er ist, fuhr Laurence fort, verlangte er in Paris zu bleiben und sogar in meinem Hotel zu wohnen; er könne alsdann, meinte er, durch meine Vermittlung, seine ehemaligen Verbindungen im Faubourg Saint-Germain wieder anknüpfen, und seine frühere glänzende Stellung in der Gesellschaft wieder einnehmen. Als ich ihm dieses rund abschlug, ließ er mir sagen, ich sey ein verfluchtes Gespenst, ein Vampir, ein Todtenkind ...«

Laurence hielt plötzlich inne, schauderte heftig zusammen und seufzte endlich aus tiefster Brust: »Ach, ich wollte sie hätten mich bey meiner Mutter im Grabe gelassen!« Als ich in sie drang, mir diese geheimnißvollen Worte zu erklären, ergoß sich ein Strom von Thränen aus ihren Augen, und zitternd und schluchzend gestand sie mir, daß die schwarze Trommelfrau, die sich für ihre Mutter ausgegeben, ihr einst selbst erklärt habe, das Gerücht, womit man sich über ihre Geburt herumtrage, sey kein bloßes Mährchen. »In der Stadt nemlich wo wir wohnten« fuhr Laurence fort »hieß man mich immer: das Todtenkind! Die alten Spinnweiber behaupteten, ich sey eigentlich die Tochter eines dortigen Grafen, der seine Frau beständig mißhandelte und als sie starb sehr prachtvoll begraben ließ; sie sey aber hochschwanger und nur scheintodt gewesen, und als einige Kirchhofsdiebe, um die reichgeschmückte Leiche zu bestehlen, ihr Grab öffneten, hätten sie die Gräfinn ganz lebendig und in Kindesnöthen gefunden; und als sie nach der Entbindung gleich verschied, hätten die Diebe sie wieder ruhig ins Grab gelegt und das Kind mitgenommen und ihrer Hehlerinn, der Geliebten des großen Bauchredners, zur Erziehung übergeben. Dieses arme Kind, das begraben gewesen noch ehe es geboren worden, nannte man nun überall: das Todtenkind ... Ach! Sie begreifen nicht, wie viel Kummer ich schon als kleines Mädchen empfand, wenn man mich bey diesem Namen nannte. Als der große Bauchredner noch lebte und nicht selten mit mir unzufrieden war, rief er immer: verwünschtes Todtenkind, ich wollt' ich hätte dich nie aus dem Grabe geholt! Ein geschickter Bauchredner wie er war, konnte er seine Stimme so moduliren, daß man glauben mußte sie käme aus der Erde hervor, und er machte mir dann weiß, das sey die Stimme meiner verstorbenen Mutter, die mir ihre Schicksale erzähle. Er konnte sie wohl kennen, diese furchtbaren Schicksale, denn er war einst Kammerdiener des Grafen. Sein grausames Vergnügen war es, wenn ich armes kleines Mädchen über die Worte die aus der Erde hervorzusteigen schienen, das furchtbarste Entsetzen empfand. Diese Worte, die aus der Erde hervorzusteigen schienen, meldeten gar schreckliche Geschichten, Geschichten, die ich in ihrem Zusammenhang nie begriff, die ich auch späterhin allmählig vergaß, die mir aber wenn ich tanzte recht lebendig wieder in den Sinn kamen. Ja, wenn ich tanzte, ergriff mich immer eine sonderbare Erinnerung, ich vergaß meiner selbst und kam mir vor als sey ich eine ganz andere Person, und als quälten mich alle Qualen und Geheimnisse dieser Person … und sobald ich aufhörte zu tanzen, erlosch wieder alles in meinem Gedächtniß.«

Während Laurence dieses sprach, langsam und wie fragend, stand sie vor mir am Kamine, worinn das Feuer immer angenehmer loderte, und ich saß in dem Lehnsessel, welcher wahrscheinlich der Sitz ihres Gatten, wenn er des Abends vor Schlafengehn seine Schlachten erzählte. Laurence sah mich an mit ihren großen Augen, als früge sie mich um Rath; sie wiegte ihren Kopf so wehmüthig sinnend; sie flößte mir ein so edles, süßes Mitleid ein; sie war so schlank, so jung, so schön, diese Lilje die aus dem Grabe gewachsen, diese Tochter des Todes, dieses Gespenst mit dem Gesichte eines Engels und dem Leib einer Bajadere! Ich weiß nicht wie es kam, es war vielleicht die Influenz des Sessels worauf ich saß, aber mir ward plötzlich zu Sinne, als sey ich der alte General, der gestern auf dieser Stelle die Schlacht bey Jena geschildert, als müsse ich fortfahren in meiner Erzählung, und ich sprach: Nach der Schlacht bey Jena ergaben sich binnen wenigen Wochen, fast ohne Schwertstreich, alle preußischen Festungen. Zuerst ergab sich Magdeburg; es war die stärkste Festung und sie hatte dreyhundert Kanonen. Ist das nicht schmählig?

Mademoiselle Laurence ließ mich aber nicht weiter reden, alle trübe Stimmung war von ihrem schönen Antlitz verflogen, sie lachte wie ein Kind und rief: »Ja, das ist schmählig, mehr als schmählig! Wenn ich eine Festung wäre und dreyhundert Kanonen hätte, würde ich mich nimmermehr ergeben!«

Da nun Mademoiselle Laurence keine Festung war und keine dreyhundert Kanonen hatte …

Bey diesen Worten hielt Maximilian plötzlich ein in seiner Erzählung, und nach einer kurzen Pause frug er leise: Schlafen Sie, Maria?

Ich schlafe, antwortete Maria.

Desto besser, sprach Maximilian mit einem feinen Lächeln, ich brauche also nicht zu fürchten, daß ich Sie langweile, wenn ich die Möbel des Zimmers worin ich mich befand, wie heutige Novellisten pflegen, etwas ausführlich beschreibe.

Vergessen Sie nur nicht das Bett, theurer Freund!

Es war in der That, erwiederte Maximilian, ein sehr prachtvolles Bett. Die Füße, wie bey allen Betten des Empires, bestanden aus Karyatiden und Sphinxen, und der Himmel stralte von reichen Vergoldungen, namentlich von goldnen Adlern, die sich wie Turteltauben schnäbelten, vielleicht ein Sinnbild der Liebe unter dem Empire. Die Vorhänge des Bettes waren von rother Seide, und da die Flammen des Kamines sehr stark hindurchschienen, so befand ich mich mit Laurence in einer ganz feuerrothen Beleuchtung, und ich kam mir vor wie der Gott Pluto, der, von Höllengluten umlodert, die schlafende Proserpine in seinen Armen hält. Sie schlief, und ich betrachtete in diesem Zustand ihr holdes Gesicht und suchte in ihren Zügen ein Verständniß jener Sympathie, die meine Seele für sie empfand. Was bedeutet dieses Weib? Welcher Sinn lauert unter der Symbolik dieser schönen Formen?

Aber ist es nicht Thorheit, den inneren Sinn einer fremden Erscheinung ergründen zu wollen, während wir nicht einmal das Räthsel unserer eigenen Seele zu lösen vermögen! Wissen wir doch nicht einmal genau, ob die fremden Erscheinungen wirklich existiren! Können wir doch manchmal die Realität nicht von bloßen Traumgesichten unterscheiden! War es ein Gebilde meiner Phantasie, oder war es entsetzliche Wirklichkeit, was ich in jener Nacht hörte und sah? Ich weiß es nicht. Ich erinnere mich nur, daß, während die wildesten Gedanken durch mein Herz fluteten, ein seltsames Geräusch mir ans Ohr drang. Es war eine verrückte Melodie, sonderbar leise. Sie kam mir ganz bekannt vor, und endlich unterschied ich die Töne eines Triangels und einer Trommel. Diese Musik, schwirrend und summend, schien aus weiter Ferne zu erklingen, und dennoch, als ich aufblickte, sah ich nahe vor mir, mitten im Zimmer, ein wohlbekanntes Schauspiel: Es war Monsieur Türlütü der Zwerg, welcher den Triangel spielte, und Madame Mutter, welche die große Trommel schlug, während der gelehrte Hund am Boden herumscharrte, als suche er wieder seine hölzernen Buchstaben zusammen. Der Hund schien nur mühsam sich zu bewegen und sein Fell war von Blut befleckt. Madame Mutter trug noch immer ihre schwarze Trauerkleidung, aber ihr Bauch war nicht mehr so spaßhaft hervortretend, sondern vielmehr widerwärtig herabhängend; auch ihr Gesicht war nicht mehr roth, sondern blaß. Der Zwerg, welcher noch immer die brodirte Kleidung eines altfranzösischen Marquis und ein gepudertes Touppée trug, schien etwas gewachsen zu seyn, vielleicht weil er so gräßlich abgemagert war. Er zeigte wieder seine Fechterkünste und schien auch seine alten Prahlereyen wieder abzuhaspeln; er sprach jedoch so leise, daß ich kein Wort verstand, und nur an seiner Lippenbewegung konnte ich manchmal merken, daß er wieder wie ein Hahn krähte.

Während diese lächerlich grauenhaften Zerrbilder, wie ein Schattenspiel, mit unheimlicher Hast, sich vor meinen Augen bewegten, fühlte ich, wie Mademoiselle Laurence immer unruhiger athmete. Ein kalter Schauer überfröstelte ihren ganzen Leib, und wie von unerträglichen Schmerzen zuckten ihre holden Glieder. Endlich aber, geschmeidig wie ein Aal, glitt sie aus meinen Armen, stand plötzlich mitten im Zimmer und begann zu tanzen, während die Mutter mit der Trommel und der Zwerg mit dem Triangel ihre gedämpfte leise Musik ertönen ließen. Sie tanzte ganz wie ehemals an der Waterloo-Brücke und auf den Carrefours von London. Es waren dieselben geheimnißvollen Pantomimen, dieselben Ausbrüche der leidenschaftlichen Sprünge, dasselbe bachantische Zurückwerfen des Hauptes, manchmal auch dasselbe Hinbeugen nach der Erde, als wolle sie horchen was man unten spräche, dann auch das Zittern, das Erbleichen, das Erstarren, und wieder aufs Neue das Horchen mit nach dem Boden gebeugtem Ohr. Auch rieb sie wieder ihre Hände, als ob sie sich wüsche. Endlich schien sie auch wieder ihren tiefen, schmerzlichen, bittenden Blick auf mich zu werfen ... aber nur in den Zügen ihres todtblassen Antlitzes erkannte ich diesen Blick, nicht in ihren Augen, denn diese waren geschlossen. In immer leiseren Klängen verhallte die Musik; die Trommelmutter und der Zwerg, allmählig verbleichend und wie Nebel zerquirlend, verschwanden endlich ganz; aber Mademoiselle Laurence stand noch immer und tanzte mit verschlossenen Augen. Dieses Tanzen mit verschlossenen Augen im nächtlich stillen Zimmer gab diesem holden Wesen ein so gespenstisches Aussehen, daß mir sehr unheimlich zu Muthe wurde, daß ich manchmal schauderte, und ich war herzlich froh als sie ihren Tanz beendigt hatte.

Wahrhaftig, der Anblick dieser Scene hatte für mich nichts Angenehmes. Aber der Mensch gewöhnt sich an alles. Und es ist sogar möglich, daß das Unheimliche diesem Weibe einen noch besonderen Reitz verlieh, daß sich meinen Empfindungen eine schauerliche Zärtlichkeit beymischte ... genug, nach einigen Wochen wunderte ich mich nicht mehr im mindesten, wenn des Nachts die leisen Klänge von Trommel und Triangel ertönten, und meine theure Laurence plötzlich aufstand und mit verschlossenen Augen ein Solo tanzte. Ihr Gemahl, der alte Bonapartist, kommandirte in der Gegend von Paris und seine Dienstpflicht erlaubte ihm nicht die Tage in der Stadt zuzubringen. Wie sich von selbst versteht, er wurde mein intimster Freund, und er weinte helle Tropfen, als er späterhin für lange Zeit von mir Abschied nahm. Er reiste nemlich mit seiner Gemahlinn nach Sicilien, und beide habe ich seitdem nicht wiedergesehn.

Als Maximilian diese Erzählung vollendet, erfaßte er rasch seinen Hut und schlüpfte aus dem Zimmer.

Anhang

Zu dieser Ausgabe

Die Reinschrift, die Heine am 3./4. März 1836 als Druckvorlage an Campe sandte, hat sich erhalten. Sie weicht in einer Reihe von Fällen vom Erstdruck im 3. Band des *Salon* ab. Für die Einzelheiten vgl. die Kommentare der beiden Historisch-kritischen Ausgaben.

Unser Text folgt dem Erstdruck (= D): *Der Salon von H. Heine*. Dritter Band. Hamburg: Hoffmann und Campe 1837 (Enthält: S. 1–144: *Florentinische Nächte*; S. 145–279: *Elementargeister*). In den Text wurde unter Hinzuziehung der übrigen Textzeugen an folgenden Stellen eingegriffen:

9,1 Erste Nacht] I. *D*
12,24 Johanns] Johannes *D*
14,5 Ihrem] ihrem *D*
19,23 Peignoir] Prignor *D*
20,1 Nachgefühle] Nachgewühle *D*
20,16 könnte mirs] konnte mirs *D*
20,20 noch] *fehlt D*
20,27 Gesichtsforscher könnte] Geschichtsforscher konnte *D*
20,30 hier von] von *fehlt D*
21,10 f. ich allen] ich *fehlt D*
21,35 schauerlich] schauerlichen *D*
22,7 f. interessante] intressante *D*
22,9 Boccaccio] Boccacio *D*
22,25 und heißt] uns heißt *D*
23,13 Stratford] Staffort *D*
25,20 Prinzen von] von *fehlt D*
25,35 f. Marmorne] Mormorne *D*
26,6 Kindliche,] Kindliche *D*
26,18 gespeist] gespeißt *D*
27,11 Färbung] Farbung *D*
29,25 jedem] jeden *D*
30,33 Jungfernsteegs] Jungfernstiegs *D*
32,8 kreuzten] kreutzten *D*
32,17 daß er] das *D*
33,25 trunkener] trunkender *D*
38,17 Rhythmen] Rythmen *D*
43,2 Rostbeefe] Roßbeefe *D*

44,2 Contrast] Contrast, *D*
47,14 herübergekommen] hinübergekommen *D*
48,18 Rapiere] Rappiere *D*
50,15 Eugène] Engene *D*
51,18 ausgelassensten] ausgelassendsten *D*
53,23 Fashionables] Faschionables *D*
54,14 Franzosen] Fanzosen *D*
55,7 besänftigt] gesänftigt *D*
55,29f. Französisch] französisch *D*
60,24 glich] gleich *D*
61,6 Brustnadel] Brustnadeln *D*
61,28f. Ruhig,] Ruhig *D*
63,1 Sie sich] sie sich *D*
63,22 rannte] rann *D*
64,6 rannte] rann *D*
67,5f. vielmehr] vielleicht *D*
67,20 Bediente] Bedienten *D*
68,1 Zeit des] Zeit der *D*
68,3 Coiffüren] Coeffüren *D*
68,12 Borghese] Borgese *D*
68,18 bonapartistischen] bonapartischen *D*
69,26 daß sich] das sich *D*
72,14 daß ich] das ich *D*
72,21f. und der Himmel] *fehlt D*

Für Einzelheiten der Entstehung und Textgestaltung sowie für die Kommentierung sei auf die entsprechenden Bände der beiden Historisch-kritischen Heine-Ausgaben verwiesen:

Heinrich Heine. *Historisch-kritische Gesamtausgabe der Werke*. In Verbindung mit dem Heinrich-Heine-Institut herausgegeben von Manfred Windfuhr. Bd. 5: »Almansor«; »William Ratcliff«; »Der Rabbi von Bacherach«; »Aus den Memoiren des Herren von Schnabelewopski«; »Florentinische Nächte«. Bearbeitet von Manfred Windfuhr. Hamburg 1994.

Heinrich Heine. *Säkularausgabe. Werke, Briefwechsel, Lebenszeugnisse*. Herausgegeben von den Nationalen Forschungs- und Gedenkstätten der klassischen deutschen Literatur in Weimar, der Stiftung Weimarer Klassik und dem Centre National de la Recherche Scientifique in Paris. Bd. 9: Prosa 1836–1840. Bearbeitet von Fritz Mende. Berlin/Paris 1979; Bd. 9 K: Prosa 1836–1840. Kommentar. Bearbeitet von Fritz Mende und Christa Stöcker. Berlin 1994.

Eine Zusammenstellung der Daten zur Entstehung und Wirkung sowie eine kurze Einführung in die Forschungsproblematik und -literatur findet sich bei Bernd Kortländer: *Heinrich Heine*. Stuttgart: Reclam 2003 (RUB 17638) sowie bei Gerhard Höhn: *Heine-Handbuch. Zeit, Person, Werk*. 3. Aufl. Stuttgart: Metzler 2004.

Zur Entstehung von *Florentinische Nächte*

Die Florentinischen Nächte entstanden in einer Zeit, als Heine seinen Schreibansatz aus verschiedenen Gründen zu überdenken gezwungen war. Zum einen hatten seine nach den *Reisebildern* erschienenen Veröffentlichungen kein sonderliches Interesse beim Publikum gefunden und der Verleger sparte nicht an entsprechenden Ermahnungen. Zum anderen hatte sich die Zensurpraxis in den deutschen Staaten deutlich verschärft, was an den Auseinandersetzungen um Heines 2. *Salon*-Band und die darin enthaltene Schrift *Zur Geschichte der Religion und Philosophie in Deutschland* deutlich geworden war, dessen Erstdruck in vielfältiger Weise von der Zensur verstümmelt wurde. Heine, der die Veränderungen in Deutschland nicht aus der Nähe verfolgen konnte, machte seinen Verleger verantwortlich, musste dann aber erleben, wie die von der Staatsgewalt ausgehende Verfolgungspraxis in den Bundestagsbeschlüssen gegen das Junge Deutschland vom Dezember 1835, also mitten in der Entstehungszeit der *Florentinischen Nächte,* kulminierte. Mit diesen Beschlüssen wurde namentlich einer fünfköpfigen Autorengruppe, darunter Heine als ›geistiger Anführer‹, und mit dieser zusammen allen übrigen liberalen deutschen Schriftstellern eine massive Kampfansage des Staates übermittelt, die einem Berufsverbot gleichkam. Auch wenn die Beschlüsse nicht in allen Bundesstaaten gleichmäßig umgesetzt wurden, hatten sie doch erhebliche Konsequenzen, die für manche Autoren auch Haftstrafen mit sich brachten.

Auf beide Tendenzen, seine nachlassende Popularität und den steigenden Zensurdruck, reagierte Heine am 2. Juli 1835 mit der brieflichen Ankündigung an den Verleger, er wolle nach den schwierigen politischen und literatur- bzw. philosophiegeschichtlichen Texten der letzten Jahre jetzt als nächstes ein »kostbares, welterfreuliches Buch« schreiben, »amüsanten Inhalts und kein Censor in der ganzen Welt wird etwas dran auszusetzen haben«. Er meinte damit den 3. »Salon«-Band, der die *Florentinischen Nächte* und die *Elementargeister* enthalten sollte. Campe war mit dieser Ankündigung verständlicherweise sehr zufrieden. Von Ende Juli bis Dezember 1835 hielt Heine sich im Badeort Boulogne sur mer auf und arbeitet bereits fleißig an dem neuen Buch, das, wie er erneut versichert, »höchst amüsant« und »auch populär, für alle

Classen berechnet« werden soll (Brief an Campe vom 4. Dezember 1835). Die Aufregungen nach der Veröffentlichung des Bundestagsbeschlusses am 12. Dezember 1835, auf den Heine mit einem offenen Brief »An die hohe Bundesversammlung« reagiert, führten dann zu einiger Verzögerung. Erst am 3./4. März 1836 schickte er das Manuskript der *Florentinischen Nächte* an den Verleger in Hamburg und forderte ihn in einem Schreiben vom 8. März ausdrücklich auf, es keiner Zensur vorzulegen: »Können <Sie> also das Buch nicht ohne Censur drucken, so möge es ungedruckt bleiben ...« Heine hatte inzwischen aber selbst auf die veränderte Situation reagiert und eine – allerdings recht moderate – Form von Selbstzensur walten lassen. Eine kleine religiöse Erörterung fiel diesen Eingriffen ebenso zum Opfer wie einige Ausfälle gegen regierende deutsche Fürstenhäuser. An anderen Stellen hat er aber auch Striche, die er zunächst gemacht hatte, dann wieder zurückgenommen, was seine Unsicherheit im Umgang mit der neuen Situation anzeigt.

Von der nach Hamburg gesandten Handschrift hatte er eine Abschrift herstellen lassen, die zuerst als Vorlage für die Übersetzung ins Französische diente und dann als Druckvorlage an die Redaktion der im Cotta Verlag erscheinenden Zeitung »Morgenblatt für gebildete Stände« ging. Denn zeitgleich zum Buchdruck betrieb Heine den Vorabdruck sowohl in deutscher wie in französischer Sprache. Im *Morgenblatt* erscheint der Text zwischen dem 6. und 16. April (1. Nacht) und zwischen dem 12. und 25. Mai (2. Nacht); die *Revue des deux Mondes* bringt *Les nuits florentines* am 15. April (1. Nacht) und 1. Mai 1836 (2. Nacht). Die Texte unterscheiden sich an manchen Stellen leicht vom Buchdruck; in der französischen Fassung hat Heine auch einige Passagen wieder eingerückt, die er aus Rücksicht auf die deutsche Zensur weggelassen hatte. Andererseits ist der Abdruck im *Morgenblatt* insbesondere für die 2. Nacht in außerordentlicher Weise durch die Redaktion verstümmelt worden. In diesen massiven Eingriffen spiegelt sich der gewachsene staatliche Druck auf den Literaturbetrieb insgesamt.

Bis zum Erscheinen des Buchdrucks im Rahmen von *Der Salon von H. Heine.* Dritter Band gab es noch einige Verzögerungen. Das hing zum einen damit zusammen, dass Heine das Buch auf 20 Druckbogen (320 Seiten) bringen musste, um die Vorzensur umgehen zu können. Er schrieb aus diesem Grund noch einen 2. Teil zu den *Elementargeistern* hinzu und machte sich an eine Vorrede, was sich als sehr schwierig erwies. Nach mehreren Anläufen entstand der als Vorrede zu *Salon III* gedachte Text »Über den Denunzianten«, in dem Heine mit dem Kritiker Wolfgang Menzel als Hauptverantwortlichem für das Verbot des Jungen Deutschland abrechnet. Dieser Text erschien dann aber als Separatdruck, während der *Salon*-Band ohne Vorrede blieb. Entgegen Heines Forderungen hatte Campe das Manuskript der *Florentinischen Nächte* doch vorab der Zensur vorgelegt, wurde von dort wegen des Umfangs aber auf die zuständige Nachzensur verwiesen. So konnte der 3. *Salon*-Band schließlich erst in der 2. Julihälfte 1837 ausgeliefert werden. Er wurde, wie alle Schriften Heines, unmittelbar nach Erscheinen verboten. Dennoch erreichte eine erkleckliche Zahl an Exemplaren die Leserschaft, und der Verleger war seit langem mit seinem Autor wieder einmal zufrieden.

Erläuterungen

Titel: Anregungen für die Titelwahl gingen aus von der Geschichtensammlung »Tausendundeine Nacht«, aber auch von zeitgenössischen Erfolgsbüchern wie den »Nuits Parisiennes« (Pariser Nächte) von Georges Touchard-Lafosse mit dem Untertitel: »Eine Galerie galanter Abentheuer, geheimer Liebe und anderer Geschichten der Pariser Großen«. Anregungen kamen auch von Giovanni Boccaccios »Decamerone«.

In Florenz hatte Heine sich auf seiner Italienreise vom 1. Oktober bis 24. November 1828 aufgehalten. Das wenige Lokalkolorit, das er in seine Geschichte einfließen lässt, bedurfte allerdings nicht der genauen Ortskenntnis.

Erste Nacht

9,2 *Maximilian:* In der Handschrift heißt der Held zunächst *Enriko* bzw. *Henriko*, wodurch der autobiographische Bezug verstärkt worden wäre.

9,4 *Maria:* Die Kranke hieß im Manuskript zuerst *Mathilde*, dann *Mylady Mathilde*, schließlich *Rosa* und erst dann *Maria*. *Mathilde* war Verweis auf Heines Lebensgefährtin und spätere Frau Eugenie Crecence Mirat, die er »Mathilde« nannte und mit der er seit 1834 zusammenlebte. Diese Wahl hätte erneut einen autobiographischen Akzent gesetzt. *Mylady Mathilde* ist eine Figur aus den *Lukka-Reisebildern*, an die so angeknüpft worden wäre. *Rosa* wäre ganz neutral gewesen. Die Figur einer *toten Maria* spielt im *Reisebild Ideen. Das Buch Le Grand* eine Rolle.

9,20 *schwarze Debora:* Farbige Frauen als Krankenpflegerinnen gab es in den vornehmen Häusern der Zeit häufiger.

10,22f. *Schloß meiner Mutter:* Die van Gelderns besaßen nach der Familienüberlieferung, die Heine in den *Memoiren* referiert, eine Zeitlang Haus Roland in der Nähe von Düsseldorf, ein kleines Barockschloss, das 1883 abgerissen wurde.

10,24 *Marmorstatue:* Tauchen ständig auf in Heines Werk und stehen für eine Schönheit ohne Leben.

12,17 *Blödigkeit:* Befangenheit, Verlegenheit.

14,28f. *Laurenziana:* Die Bibliotheca Medicea Laurenziana gehört zum Komplex der Kirche San Lorenzo in Florenz und enthält eine berühmte Sammlung von Manuskripten und Codices.

14,30 *die Kapelle:* Die ebenfalls zu San Lorenzo gehörende »Neue Sakristei« wurde von Michelangelo Buonarroti ab 1520 als Grabkapelle der Medici konzipiert. Die Grabstätten verzierte er mit Skulpturen, darunter auf dem Grab Giuliano de' Medicis die allegorische Darstellung der Nacht.

15,12 *Madonna:* Wahrscheinlich Anspielung auf Stefan Lochners Marienfigur in seiner Darstellung der Anbetung der Könige im Kölner Dom. Diese Darstellung wird bereits in *Lyrisches Intermezzo XI* erwähnt.

15,17 *inmakulirte:* alte Wortform für immakulierte (= unbefleckte).

15,24 *Antiquen-Gallerie:* Heine bezieht sich auf einen Besuch im November 1827 in der Antikensammlung des Fridericianums in Kassel, wo er den Marmortorso einer Aphrodite gesehen hat.

15,29 *todte Frauen geliebt:* Das typische Motiv der »schwarzen Romantik« erscheint häufig im *Buch der Lieder* und auch in den *Reisebildern.*

16,12 *Potsdam:* Die räumlichen und zeitlichen Angaben im Text zum Lebensweg des Maximilian stimmen weitgehend mit Heines Biographie überein. Mitte April bis Mitte Juli 1829 hatte er sich nach Potsdam zurückgezogen, um die italienischen *Reisebilder* abzuschließen.

16,15f. *Statuen, ... im Garten von Sans-Souci:* Im April 1822 schreibt Heine an einen Bekannten in Berlin: Es *zieht mich sehr nach Potsdam, da ich dort auch eine Geliebte habe. Es ist eine von den Marmorstatuen die zu Sans souci auf der Terrasse stehen.*

17,13–16 *Geister der Todten* bis *Gespenste begegnet:* Zitat aus Jung Stillings *Theorie der Geisterkunde* (Nürnberg 1808).

17,18 *mein Bruder:* Maximilian Heine besuchte seinen Bruder im Mai 1829 in Potsdam.

17,27 *anderen Stadt:* Berlin.

18,9 *Eisgruben der Beresina:* Die Schlacht an der Beresina im November 1812 besiegelte die Niederlage Napoleons in Russland.

18,12 *Tortoni:* Beliebtes Eiscafé am Pariser Boulevard des Italiens.

19,23 *Peignoir:* frz.: Morgenrock.

20,10f. *homme à bonne fortune:* frz.: Glückskind.

20,11 *Mademoiselle Laurence:* Vorausdeutung auf die Erzählung der 2. Nacht.

20,27 *Gesichtsforscher:* Im Buchdruck steht »Geschichtsforscher«, was nach der französischen Ausgabe korrigiert wurde, wo es heißt: »un physionomiste«.

21,19 *Franz I.:* Der frz. König (1494–1547) hatte Mailänder Vorfahren, und zwar aus der Familie Trivulzio, der auch die Fürstin Belgiojoso angehörte, die ebenfalls aus Mailand stammte. Das Lob der lombardischen Frauen enthält so auch eine geheime Botschaft Heines an seine Freundin Cristina Trivulzio Belgiojoso. Franz I., dessen erotische Neigungen berüchtigt waren, verlor das 1515 eroberte Mailand zusammen mit allen französischen Ansprüchen in Italien 1529 in der Schlacht bei Pavia an den deutschen Kaiser Karl V.

22,9–13 *Boccaccio ... Dante:* Anspielung auf die vier Hauptwerke der älteren italienischen Literatur, die Novellensammlung *Decamerone* (1348–1353) von Giovanni Boccaccio; die Gedichtsammlung *Canzoniere* (1366) von Francesco Petrarca; das Epos *Orlando furioso* (1516–1521/–1532) von Ariost und die *Divina Commedia* (1311 ff.) von Dante Alighieri.

22,23 f. *die Musik ist Volk geworden:* Ähnlich äußert sich Heine bereits in Kapitel 19 von *Reise von München nach Genua.*

22,26 *Meyerbeer:* Giaccomo M. (1791–1864) war ein berühmter Opernkomponist der Zeit und mit Heine zeitweise befreundet.

22,33 *Rossini:* Gioacchino R. (1792–1868), den Heine schätzte und mit dem er bekannt war, veröffentlichte 1832 mit *Stabat mater* sein letztes größeres Werk.

23,3 *Pesaro:* Geburtsort Rossinis in Umbrien.

23,13 *Stratford am Avon:* Stratford on Avon, Geburtsort von William Shakespeare (1564–1616), wohin er 1611 zurückkehrte.

23,15 *Boulevard des Italiens:* In den 1830er Jahren lagen hier die angesagten Cafés und Restaurants von Paris.

23,24 *Bellini:* Der Sizilianer Vincenzo B. (1801–1835) war ein beliebter Opernkomponist der Zeit (*Norma*, 1831). Heine lernte ihn 1835 kurz vor seinem Tod im Kreis der Fürstin Cristina Trivulzio Belgiojoso kennen (s. u.).

23,28 *Jettatore:* Im italienischen Volksaberglauben Person, die Unglück bringt. Zum Schutz zeigt man u. a. den ausgestreckten Mittelfinger.

24,6 f. *à quatre épingles:* frz.: wie aus dem Ei gepellt.

24,23 *Schäferspielen:* Im Italien des 16. Jh. entwickelte Gattung, in der Schäfer die Hauptpersonen meist idyllischer Handlungen sind, die jenseits der sozialen und politischen Realität angesiedelt sind.

24,25 *minaudiren:* frz. minauder: sich zieren.
24,26 *ätherisch:* vergeistigt.
24,27 *en escarpins:* frz.: in leichten Schuhen, z. B. Tanzschuhen.
24,32f. *mehre Jahre in Frankreich gelebt:* Bellini lebte von 1833 bis zu seinem Tod 1835 in Frankreich.
25,4 *Coq-à-l'âne:* frz.: Unsinniges Geschwätz.
25,18 *unwillkürlichen Calembours:* unfreiwillige Wortspiele.
25,20f. *Schloß … des Prinzen von Pallagonien:* Ein Gebäude bei Palermo, erbaut von Ferdinando Francesco II. Gravina (1722–1788), das Goethe in der *Italienischen Reise* als Beispiel für einen bizarren Geschmack beschreibt. Von Heine bereits in der *Harzreise* erwähnt.
26,17 *großen Dame … kleinsten Fuß:* Caroline Jaubert (1802–1883) führte in Paris einen bekannten Salon und war bei ihren Freunden bekannt für ihre kleinen Füße. Sie behauptet in ihren Memoiren, der von Heine geschilderte Abend habe zwei Monate vor Bellinis Tod, also im Sommer 1835 stattgefunden.
26,24 *schönen Dame:* Verdecktes Porträt der italienischen Fürstin Cristina Trivulzio Belgiojoso (1808–1871), mit der Heine damals eng befreundet war.
27,12f. *Morbidezza:* ital. Angekränkeltsein. Die Fürstin kultivierte eine Vorliebe für Formen der »schwarzen Romantik«.
27,34f. *Tod Paganinis:* Im September 1835 kursierten falsche Nachrichten über den Tod des Geigers und Komponisten Nicolo P. (1782–1840) in der europäischen Presse.
28,20 *Lyser:* Johann Peter L. (eigentlich Ludwig Peter Burmeister, 1803–1870), Schriftsteller und Zeichner. Heine war 1829–1831 in Hamburg eng mit ihm befreundet. L. hatte als Jugendlicher das Gehör verloren, schrieb aber trotzdem Musikkritiken u. a. für Robert Schumann.
28,36 *Töne sehen:* Formen der Synästhesie waren in der Romantik als Stilelemente sehr beliebt. Auch die in der Folge geschilderten »Transfigurationen« Maximilians speisen sich aus dieser Tradition.
29,4 *kleine Zeichnung:* Lysers Paganini-Porträt erschien zuerst in Ludolf Wienbargs Schrift *Paganini's Leben und Charakter nach Schottky* (Hamburg 1830), einem Extrakt aus Julius Maximilian Schottkys Buch *Paganini's Leben und Treiben als Künstler und als Mensch* (Prag 1830).
29,11f. *Alsterpavillion:* Markantes Gebäude an der Binnenalster,

in dem damals ein Restaurant untergebracht war. Heine soll dort an einem Essen zusammen mit Paganini teilgenommen haben.

29,12f. *erstes Conzert:* Insgesamt gab Paganini zwischen dem 12. und 19. Juni 1830 drei Konzerte in Hamburg. Das erste Konzert vom 12. Juni, das Heine wahrscheinlich besuchte, bestand, wie die anderen beiden auch, dem Geschmack der Zeit gemäß, aus einer bunten Mischung von Ouvertüren, Arien und Konzertstücken. Im Zentrum standen von Paganini selbst ein *Großes Violin-Concert in drei Theilen,* die *Sonata militare auf der G-Saite* sowie Variationen für Geige auf eine Opernarie.

29,14f. *Teufel verschrieben:* Über den exzentrischen Virtuosen Paganini waren unzählige Gerüchte im Umlauf, die sich in den beiden o. g. Schriften wiedergegeben finden und die auch literarisch bearbeitet wurden, u. a. von Lyser.

29,21 *Abbate:* ital.: Geistlicher unmittelbar vor den Weihen.

29,21 *kokü:* frz. cocu: Hahnrei, betrogener Ehemann.

29,22 *Amata:* ital.: Geliebte.

29,25f. *Brandschatzung:* Zwangserhebung von Geldbeträgen unter Androhung der Plünderung oder des Niederbrennens.

29,28f. *Famulo:* lat. famulus: Gehilfe. Faust spricht von Wagner als seinem »Famulus«.

30,2 *niedrige, behagliche Figur:* Satirische Beschreibung des Journalisten und Übersetzers Georg Harris/Harrys (1780–1838) aus Hannover, der während der Deutschland-Tournee als Paganinis Sekretär fungierte. Heine persifliert ihn in ähnlicher Weise in *Deutschland. Ein Wintermärchen*, Caput 6.

30,8 *Retzsch:* Friedrich August Moritz R. (1779–1857) veröffentlichte 1816 ein Mappenwerk *Umrisse zu Goethe's Faust*, das Heine bereits in der *Harzreise* erwähnt.

30,28f. *Enveloppe:* frz.: Hülle.

30,33 *Jungfernsteegs:* Straße in Hamburg.

31,5 *Posttag:* Der Tag, an dem die Post abging oder ankam, war für die Geschäftsleute besonders arbeitsreich.

31,9f. *Wantram … Dreckwall:* Hamburger Straßen, die das Geschäftsviertel umschlossen.

31,18 *Galla:* Gala, ital.: Festkleidung.

31,20 *Proserpinens:* Ehefrau Plutos, des Gottes der Unterwelt.

32,9 *Complimente schnitt:* Verbeugungen machte. Paganinis grotesker Auftritt hat sich Heine so eingeprägt, dass er noch einmal in der Vorrede zur 2. Auflage des *Buchs der Lieder* darauf anspielt.

32,10 *straks:* augenblicklich, geradewegs.

32,25 *Pompadurgeschmack:* Im Geschmack der Madame de Pompadour (1721–1764), der Mätresse Ludwigs XV., also im Geschmack des Rokoko.

32,28 *Blonden:* Geklöppelte Seidenspitzen.

32,33 *Atlas:* Schwerer, glänzender Seidenstoff.

33,11 *Schönpflästerchen:* Kleine schwarze Pflaster (frz.: mouches), die sich die Damen im Rokoko ins Gesicht klebten, um dessen vornehme Blässe zu betonen.

34,9 *Stylet:* Das Stilett ist ein Messer mit langer, schmaler Klinge.

34,17 *flehsamere:* Wortbildung Heines. So viel wie flehentlich.

34,35 *lustige Bocksnatur:* Szenerie einer Walpurgisnacht mit dem Teufel in Bocksgestalt.

35,14 *melodischen Qualnisse:* Wortbildung Heines: Melodien voller Qual.

35,15 *obligate Bockslachen:* Das alles grundierende Bockslachen.

35,19 *Rübchen schaben:* Spottgebärde, bei der die beiden aus der Faust ragenden Zeigefinger übereinander gerieben werden.

35,23 *Thale Josaphat:* Tal in der Nähe von Jerusalem; dort wird Gott nach dem Propheten Joel Gericht über die Heiden halten.

35,31 *Saite … gesprungen:* Paganini soll solches Reißen der Saite sogar herbeigeführt haben, um seine Kunstfertigkeit zu unterstreichen.

35,32 *Pizzikati:* Beim Pizzikato werden die Saiten gezupft und nicht gestrichen.

36,35 *sieben Siegel:* Anspielung auf eine Geschichte aus *Tausendundeine Nacht*. Ein Fischer öffnet ein Gefäß, in das König Salomo einen Dämon eingesperrt hat.

37,7–14 *Ungethüme … Floßtatzen:* Diese Schilderung erinnert stark an Höllendarstellungen auf den Bildern von Hieronymus Bosch.

38,15 *Mensch-Planet:* Die Beziehung der Menschen zu den Planeten ist Gegenstand der Astrologie.

38,21 *Sphärengesang:* Nach Pythagoras erzeugen die Planeten auf ihren Umlaufbahnen für Menschen nicht hörbare Töne.

39,26 *Gipsabgüsse:* Heine hegte eine Abneigung gegen Totenmasken und verbat sich auch, dass bei ihm selbst eine solche abgenommen werde. Seine Bitte wurde nicht respektiert.

Zweite Nacht

42,16 *acht Jahre:* Von 1835, dem Entstehungsjahr des Textes, aus gerechnet ergibt sich 1827, als Heine sich tatsächlich in England aufhielt.

42,17–18 *Hol der Teufel das Volk:* Seine tiefe Abneigung gegen England und die Engländer äußert Heine bereits in den *Reisebildern.* Zu den Kernpunkten seiner Kritik an allem Englischen zählen stets die Küche (43), die Sprache (42), die Schweigsamkeit und das Steife (42), die Maschinenbegeisterung (45), die Frömmelei (44f.) und die Langeweile (44).

42,25 *Sohne Albions:* Albion ist eine alte Bezeichnung für Großbritannien.

42,25 *große Tour:* Die Grand Tour, auch Cavalierstour, war die Bezeichnung für eine seit der Renaissance für die Söhne des europäischen Adels obligatorische Reise durch Mitteleuropa, Spanien, Italien und ins Heilige Land.

44,10 *Piazza di Gran Duca:* Der Hauptplatz von Florenz heißt heute Piazza della Signoria.

44,19f. *Old-Baylie:* Der Londoner Gerichtshof wurde von Heine am 30. Mai 1828 besucht. Er wurde dort Zeuge mehrerer Hinrichtungen, darunter solche wegen Viehdiebstahls und wegen Fälschung.

44,32 *Paddy:* Von Patrick; abfällige Bezeichnung der Engländer für die Iren.

44,32 *Assisen:* Geschworenengericht.

45,1f. *überschwemmt die ganze Welt mit Bibeln:* Seit 1804 engagierte sich eine »Britische und ausländische Bibelgesellschaft« für die Übersetzung und Verbreitung der biblischen Schriften.

45,27 *Stage-Coach:* Postkutsche.

46,2f. *verirrten Schmetterling:* Benedikt de Saussure hat diese Beobachtung im Bericht über seine Montblanc-Besteigung im Jahr 1787 festgehalten.

46,21 *eine Künstlerfamilie:* In der *Reise von München nach Genua* begegnet Heine einem musikalischen Trio, zu dem eine Harfenspielerin gehört, die vom Typ her Ähnlichkeiten mit Laurence aufweist.

46,28 *Zwerg:* Mit Zwergen beschäftigte Heine sich damals im Zusammenhang mit den *Elementargeistern.* Auftreten (*altfranzösischer Marquis*) und Ausstaffierung (*brodirtes Kleid*, d. h. mit

Spitze verbrämtes Kleid) lassen den Zwerg als Vertreter der Legitimisten erscheinen, die auf die Rückkehr der Bourbonen an die Macht hinarbeiteten.

47,9f. *Lord Wellington:* W. (1760–1852) wird von Heine als reaktionärer Gegner Napoleons stets negativ gesehen.

47,20f. *Monsieur Türlütü:* Im Französischen wird mit »turlutu« eine Flöte oder Rohrpfeife bezeichnet. Andererseits ist der Nonsens-Name zugleich Ausdruck für die Verkehrtheit der Ansichten der Figur.

47,22 *bramarbasiren:* aufschneiden, prahlen.

47,25 *krähte ... wie ein Hahn:* Der »gallische Hahn« ist seit dem 16. Jh. eine Art Nationaltier Frankreichs. Napoleon lehnte ihn als Symbol ab.

48,3–5 *Pabste Pius VII. ... von Kiritz:* Drei bekannte Gegner Napoleons und Vertreter der Reaktion: Papst Pius VII., Zar Alexander von Russland und Prinz Friedrich Wilhelm von Preußen, dessen Familie auch den Namen des kleinen brandenburgischen Dorfes Kyritz im Titel trug und dessen Männlichkeit Heine auch später immer wieder anzweifelt.

48,18 *Rapiere:* frz.: rapière, Stich- und Hiebwaffe. Im Folgenden werden einige Fachtermini der Fechtsprache verwendet: *Quarte* und *Terze* sind Bewegungen der Waffe, die als *Parade* zur Abwehr eines gegnerischen Angriffs dienen.

49,18 *Tanz und Tänzerinn:* Heines Auseinandersetzung mit den verschiedenen Formen des zeitgenössischen Tanzes mündet in ein Plädoyer für eine Art Ausdruckstanz.

49,22 *Einheiten:* Die klassische Dramentheorie fordert die »drei Einheiten«: die Einheit von Zeit, Ort und Handlung.

49,23 *Alexandriner:* Versmaß der klassischen französischen Dichtung, bestehend aus zwölf Silben.

49,24 *Entrechats:* frz.: Sprung aus dem klassischen Ballett, bei dem die Füße während des Sprungs in der Luft gekreuzt werden.

50,5 *Vestris:* Auguste V. (1760–1842) war Mitglied einer italienischen Tänzer-Dynastie, die in Paris Furore machte.

50,15f. *Eugène-Rendüelschen Schule:* Eugène Renduel (1798–1874) war der Verleger der französischen Romantiker und hat auch Heines erste französische Gesamtausgabe verlegt.

50,17–19 *Mittelalterliches ... Blutschande:* Heine zählt einige der Ingredienzien der französischen romantischen Literatur auf, wobei *Mittelalterliches* und *Bucklichtes* auf den Roman *Notre-*

Dame de Paris (1831) von Victor Hugo (1805–1885) und *Venezianisches* und *Blutschande* auf dessen Drama *Lucrèce Borgia* (1832) verweisen.

51,8 *Bachantinnen:* In der antiken Mythologie Teilnehmerinnen der orgiastischen Bacchus-Feste.

52,1 *Tower:* Der Londoner Tower wurde als Burg, Waffenkammer und Gefängnis für Angehörige der Oberklasse genutzt. Anna Boleyn, die zweite Ehefrau Heinrichs VIII., wurde 1536 im Tower hingerichtet. Dort wurden bereits zur Heine-Zeit den Touristen die englischen Kronjuwelen präsentiert. Bis 1834 gehörte zum Komplex auch eine Löwenmenagerie.

54,12 *Fünf Jahre nach diesem Begebniß:* Heine kam im Mai 1831 nach Paris. Die *Juliusrevoluzion* (26.–28. Juli 1830) lag damals erst knapp ein Jahr zurück.

54,18 f. *politischen Romantiker:* Die Radikalen im deutschen und französischen Lager, von denen Heine sich damals entschieden abzusetzen beginnt.

54,22 *Paris ergötzte mich:* Eine ähnliche Schilderung gibt Heine noch einmal in den *Geständnissen*.

54,30 *Porte-Saint-Martin:* Dort befanden sich in den 1830er Jahren die großen Pariser Theater.

54,31 *Tour-de-Nesle:* Drama von Alexandre Dumas (1802–1870), das 1832 im Théâtre de la Porte-Saint-Martin uraufgeführt wurde und ein Sensationserfolg war. Das Stück ist eine Anhäufung von Grässlichkeiten und tragischen Verstrickungen.

54,36–55,1 *heitersten Rosenlichte:* Ähnlich mokiert sich Ludwig Börne in einer Pariser Konzertkritik über die die Sicht verdeckenden Hüte der Besucherinnen.

55,31 f. *Dame-de-la-halle:* frz.: Marktfrau.

56,2 f. *Fabeln von Lafontaine:* Heine bezieht sich häufiger auf die bekannte Fabelsammlung von Jean de la Fontaine (1621–1695). Hier zitiert er die Fabel vom Fuchs und dem Raben: Der Fuchs schmeichelt dem Raben (»He! bonjour Monsieur du corbeau! / Que vous êtes joli, que vous me semblez beau! – He! guten Tag Herr von Rabe! Wie hübsch Ihr seid, wie schön Ihr mir erscheint!«), bis dieser den Schnabel öffnet und das begehrte Stück Käse fallen lässt.

56,30 f. *Vitzliputzli:* Namensform des mexikanischen Kriegsgottes Huitzilopochtli. Heine hat 1849 ein Gedicht mit diesem Titel geschrieben und im *Romanzero* (1851) publiziert.

56,31 *Ecce-homo:* lat.: »Sehet, welch ein Mensch!« Darstellung des leidenden Christus.

56,33–57,4 *Mousketairs ... Jesuiten der Restaurazion:* Aufzählung verschiedener ideologischer Gruppen von der Zeit Ludwigs XVI. bis zu Karl X., die man alle noch zu Beginn der 30er Jahre in den Salons vereint finden konnte: Mitglieder der Hofgesellschaft Ludwigs XVI.; Mitglieder der Nationalversammlung von 1789; Mitglieder der *Montagnards*, der »Bergpartei«, also der Jakobiner, im Nationalkonvent; Mitglieder der Direktorialregierung aus den Jahren 1795–1799; Mitglieder der napoleonischen Verwaltung; kirchliche Würdenträger der Restauration nach 1815.

57,9 *Quai Voltaire:* An diesem Abschnitt des Seine-Ufers gab es viele Antiquitätengeschäfte und Bouquinisten. Balzac wählt den Quai Voltaire als Ort des Antiquitätenladens in *La Peau de Chagrin.*

57,19 *Drappiren:* Dekoratives Raffen und Falten von Stoffen.

57,19f. *Minaudiren:* s. Anm. zu S. 24,25.

58,35f. *Gace- und Seidenflügeln:* frz. gaze für einen leichten, halbdurchsichtigen Stoff.

59,12 *Willis:* Heine hat sie in den *Elementargeistern* ausführlich vorgestellt.

59,25 *Chaussee d'Antin:* An der Rue de la Chaussée d'Antin lagen u. a. die Redaktionsräume der Zeitschrift *Europe littéraire,* deren Herausgeber, Victor Bohain, dort rauschende Feste gab, an denen Heine teilnahm.

59,32 *Franz Liszt:* Der berühmte Pianist (1811–1886) trat damals oft im privaten Kreis auf, wo er gern improvisierte. Seine außerordentliche Wirkung auf das weibliche Publikum hat Heine auch im 10. der Briefe *Über die französische Bühne* geschildert.

59,36–60,1 *Palingenesieen von Ballanche:* Pierre Simon B. (1776–1847) schrieb *Essais de paligénésie sociale* (1827/28), die sich mit dem Thema einer »Sozialen Wiedergeburt« beschäftigen. Ballanche war politisch ein Ultrareaktionär, was Heines Spott herausfordert.

60,4 *Gang nach der Hinrichtung:* Deutscher Titel von *La marche au supplice*, einem Teil aus der *Symphonie fantastique* von Hector Berlioz (1803–1869), die Heine bereits 1832 bei der Uraufführung gehört hatte.

61,6 *Atlas:* s. Anm. zu S. 32,33.

62,12 *Boulevard du Temple:* Hier lagen die Boulevardtheater und Variétés von Paris.

63,4 *Casimir Perrier:* P. (1777–1832) war 1831–1832 französischer Ministerpräsident.

63,17f. *Contredance:* Gesellschaftstanz, wobei sich die Tänzer paarweise gegenüberstanden.

63,34 *Sorbonne:* Älteste Pariser Universität.

65,15f. *etwa vierjähriges kleines Mädchen:* Vielleicht Allegorie der Julirevolution.

65,34 *Sankt Helena:* Auf der Insel im Atlantik starb 1821 Napoleon.

67,3 *großen Oper:* Die Pariser Oper befand sich damals an der Rue Lepelletier, einer Seitenstraße des Boulevard des Italiens.

68,1f. *Zeit des Empires:* Die Zeit des Napoleonischen Kaisertums.

68,3 *Coiffüren:* frz.: Frisuren.

68,5 *Moniteur:* 1789 gegründet, war der »Moniteur Universel« bis 1869 das amtliche Mitteilungsblatt der verschiedenen französischen Regierungen.

68,5–7 *Kontinentalkaffees … Runkelrüben:* Wegen der Kontinentalsperre konnte unter Napoleon kein Kaffee und kein Rohrzucker mehr nach Frankreich importiert werden. Man behalf sich mit Kaffee aus einheimischen Pflanzen wie z. B. der Cigorie (Zichorie, d. i. die Wegwarte) und mit Rübenzucker.

68,8 *Prinzen … machte:* Spöttische Anspielung auf die Flut von Adelserhebungen unter Napoleon.

68,10 *Talma:* François-Joseph T. (1763–1826), Napoleons Lieblingsschauspieler.

68,10 *Gros:* Baron Jean Antoine G. (1771–1835), ein bedeutender Schlachten- und Porträtmaler der napoleonischen Zeit.

68,10f. *Bigotini:* Emilie B. (1785–1858), eine bekannte Tänzerin der Kaiserzeit.

68,11 *Maury:* Der Kirchenmann Jean Siffrein M. (1746–1817) war berühmt für seine Predigten.

68,11 *Rovigo:* Anne Jean Marie René Savary, Duc de R. (1774–1833), General und Polizeiminister unter Napoleon.

68,12 *Ossian:* Napoleon schätzte die Werke des Schotten James Macpherson (1736–1796), der unter dem Pseudonym »Ossian« publizierte, höher als die Homers.

68,12 *Pauline Borghese:* Napoleons zweite Schwester Marie Pauline (1780–1825) war mit dem Fürsten Borghese verheiratet.

68,12 *mouliren:* Ein Verfahren, um vom nackten menschlichen Körper eine Form abzunehmen. Pauline Borghese wurde nach diesem Modell vom Bildhauer Antonio Canova (1757–1822) als liegende *Venus* in Marmor gehauen.

68,21 *Schlacht bey Jena:* Nach dem Sieg Napoleons bei Jena und Auerstädt am 14. Oktober 1806 war die Moral der preußischen Truppen gebrochen. Preußen ergab sich anschließend beinahe kampflos den Franzosen.

69,36 *Faubourg Saint-Germain:* Zwischen 1815 und 1848 das vornehmste Viertel von Paris, wo der alte Adel wohnte.

70,3 f. *Gespenst, ... Vampir, ... Todtenkind:* Motive aus der »schwarzen Romantik«, mit der sich Heine damals intensiv beschäftigte. Er hat damit großen Einfluss auf die französische Literatur der Zeit gehabt.

71,27 f. *Bajadere:* Indische Tänzerin, in der Literatur häufig als Dirne aufgefasst.

72,21 *Karyatiden:* Weibliche Schmuckfigur mit tragender Funktion.

72,29 *Proserpine:* s. Anm. zu S. 31,20.

72,33 *Was bedeutet dieses Weib?:* Heine betont hier ausdrücklich die Rätselstruktur seines Textes.

74,8 f. *Carrefours:* frz.: Kreuzungen.

Nachwort

»Aber ist es nicht Thorheit, den inneren Sinn einer fremden Erscheinung ergründen zu wollen, während wir nicht einmal das Räthsel unserer eigenen Seele zu lösen vermögen!« (72,35–73,2). Dieser Seufzer des verwirrten Erzählers gegen Ende von Heines »Florentinischen Nächten« gibt das Stichwort vor, unter dem der ganze Text steht: das Rätsel. In der Tat ist es ein rätselhafter Text, den Heine hier im Rahmen seines von ihm selbst als »welterfreulich« und »amüsant« angepriesenen 3. »Salon«-Bandes vorgelegt hat.[1] Die vielen Versatzstücke der Ersten Nacht, die wie ein Puzzle aus Erzählkernen wirken, das zu einer Geschichte zusammengesetzt werden möchte; die abenteuerliche Figurenwelt der Zweiten Nacht mit der Jahrmarktstruppe um die Tänzerin Laurence auf der einen, den Figuren aus der Welt der Pariser Salons auf der anderen Seite: dem Leser geht es wie dem Erzähler der Geschichte bei der Betrachtung des Tanzes von Laurence. Er sieht, dass hier etwas mitgeteilt werden soll, und er versteht die Sprache nicht, in der gesprochen wird, zumindest nicht auf den ersten Blick.

Die Heine-Forschung hat in diesem Zusammenhang auf die Situation des Autors verwiesen, der mitten in der Arbeit vom Beschluss des Bundestages gegen ihn und das Junge Deutschland insgesamt erfuhr und mit radikaler Verrätselung auf diesen Angriff auf seine Freiheit als Autor reagierte.[2] Aber offenbar war der Plan zu diesem Text bereits fertig, als die Nachricht vom Verbot Heine erreichte. Greift also eine kausale Verknüpfung des Schreibgestus mit dem historischen Ereignis zu kurz? Vieles spricht dafür, dass es nicht des aktuellen Anlasses bedurfte, und

1 Brief an Campe, 4. Dezember 1835, HSA XXI, S. 129.
2 Vgl. die Zusammenfassung der Forschung bei Gerhard Höhn: Heine-Handbuch. Stuttgart ³2004.

Heine bereits vorher entschieden hatte, seinen Text auf literarische Weise vor der Verstümmelung zu schützen und zugleich eine produktive Möglichkeit im Umgang mit der Zensur zu demonstrieren. Er hatte gerade die Auseinandersetzung um »Salon II« hinter sich, ein erbittertes Gefecht mit dem Zensor, das nicht gerade günstig für den Autor ausging – *Zur Geschichte der Religion und Philosophie in Deutschland* wurde aufs Übelste zugerichtet. Auch die Wahl der Modegattung Novelle, die Heine sonst nicht bedient hat, hat etwas von Camouflage an sich und verstärkt so das Motiv der Verrätselung. Wir dürfen deshalb davon ausgehen, dass Heine seinen Lesern – unabhängig von den aktuellen Ereignissen des Dezembers 1835 – mit dem Stichwort »Rätsel« einen Wink geben wollte, sich an einer ›esoterischen‹ Lesart seines Textes zu versuchen. Und er zielte mit dem Begriff »Rätsel«, wie man noch sehen wird, viel weiter als nur auf die Zensurproblematik.

Der Text hat, wie so oft bei Heine, ein solides autobiographisches Grundgerüst. Die genannten Örtlichkeiten sind allesamt Teil seiner Biographie, und auch das Zeitschema stimmt zumindest grob mit dem entsprechenden Abschnitt in seinem Leben überein. In Florenz, wo die Rahmenhandlung spielt, hat er sich Ende 1828 immerhin beinahe zwei Monate aufgehalten. Insofern knüpfen die *Florentinischen Nächte* auch an den italienischen Teil der *Reisebilder* an, in dem Florenz erstaunlicherweise gar nicht vorkommt. Das erzählende Ich heißt Maximilian, ein Name, der sich in den Varianten erst entwickelt hat: zunächst hieß es mit deutlichem Verweis auf den Autor selbst »Signor Enrico«. Um einen Italiener handelt es sich aber auch bei der Figur des Maximilian nicht, denn keine der Lebensstationen, von denen er berichtet, liegt in Italien. Es ist offenbar ein Durchreisender, der in dieser merkwürdigen Beziehung zur »Signora Maria« (9,4) lebt. Der vertraute Umgang, die Verwendung der Namenskurzform Max, auch die Vertrautheit des Doktors mit Maximilian: alles spricht dafür, dass man sich schon länger kennt, die Geschichte mittendrin einsetzt, eine Vorgeschichte und sicher auch eine Nachgeschichte hat. Die beiden Nächte sind aus dem Gesamt einer virtuellen Erzählung gewissermaßen herausgebrochen, weshalb der Text, so wie er vorliegt, als abgeschlossen betrachtet werden kann, soweit eine solche Feststellung in diesem Kontext überhaupt sinnvoll ist.

Der Anfang von Maximilians Bericht führt uns – mit allen Versatzstücken romantischen Erzählens – zurück in die Kindheit des Erzählers. Um dorthin zu gelangen, muss der Leser ihm durch einen »dicken Wald« (10,34) folgen, hinter dem ein verfallenes Schloss auf ihn wartet, in dessen verwunschenem Garten eine im Gras ausgestreckte Statue den jungen Mann zu einem verzweifelten und leidenschaftlichen Kuss verführt. Wir werden, wie häufig in romantischen Erzählungen, Zeuge eines Abstiegs in tief liegende Schichten des Unbewussten, aus denen der Erzähler in der Folge eine Fülle paralleler Erinnerungen ans Licht holt, die allesamt Facetten jener früh erfahrenen Leidenschaft des jungen Mannes für tote, gemalte, geträumte, imaginierte Frauen sind, auf jeden Fall Frauen ohne Fleisch und Blut, meist in romantisches Blau gekleidet. Charakteristisch ist, dass Heine auch diese phantastischen Erinnerungen um reale Versatzstücke seiner Biographie herum organisiert. In der Eingangsszene spiegeln sich Erinnerungen an ein kleines Anwesen, das Heines Familie im Wald bei Düsseldorf besaß. Und bereits in einem Brief aus dem Jahr 1822 spricht er von seiner Liebe zu einer Statue im Park von Schloss Sanssouci in Potsdam, wo er sich 1829 erneut aufgehalten hat.

Insgesamt sind Stimmung und Atmosphäre dieser ersten Nacht als die der deutschen romantischen Kunst wiederzuerkennen, so wie Heine sie kurz zuvor in der *Ro-*

mantischen Schule beschrieben hatte. Es ist eine Kunst, die zwar wunderschön und vollendet sein kann, aber ohne Leben bleibt. Er hatte in seinem Text die Goethe'schen Kunstwerke mit den antiken Statuen im Louvre verglichen und bemerkt: »Sonderbar! diese Antiquen mahnten mich an die Goetheschen Dichtungen, die eben so vollendet, eben so herrlich, eben so ruhig sind, und ebenfalls mit Wehmuth zu fühlen scheinen, daß ihre Starrheit und Kälte sie von unserem jetzigen bewegt warmen Leben abscheidet, daß sie nicht mit uns leiden und jauchzen können, daß sie keine Menschen sind, sondern unglückliche Mischlinge von Gottheit und Stein.«[3] Heines Vorwurf an die »Schule« der Brüder Schlegel liegt darin, dass sie der Kunst den Impuls geraubt hat, der auf Veränderung, auf Entwicklung und Bewegung zielt. Eine solche Kunst liefert wohl einen phantastischen Gegenentwurf zur realen Welt der Krämerseelen, Nützlichkeitsapostel und ›Philister‹, hat aber keinen Bezug zum wirklichen Leben. »Das ist der Fluch alles dessen, was bloß durch die Kunst entstanden ist.«[4] Alles spielt auf der Bühne der Phantasie, einer Phantasie, die in der Schilderung des Paganini-Konzertes seine Apotheose erlebt. Nicht umsonst hat er die Musik als die am wenigsten empirische und romantischste unter den Künsten, als »das letzte Wort der Kunst« ins Zentrum dieser Ersten Nacht gerückt und dabei dem Inbegriff des »romantischen Künstlers« das Hauptstück gewidmet. Nicolo Paganini war bereits für die Zeitgenossen umweht von Geheimnissen, die bis hin zu einem vermuteten Bund mit dem Teufel reichten. Seine als unwirklich geschilderte Musik setzt sich dem Erzähler um in farbig-phantastische Traumbilder, die die gesamte Schöpfung umfassen und die er wie in Trance erzählt. Wieder greift Heine dabei auf reale Erlebnisse aus seiner Hamburger

3 Heine, Die romantische Schule, DHA 8, S. 155.
4 Ebd.

Zeit zurück, als er tatsächlich an einem Konzert Paganinis teilnahm und mit dem Geiger zusammentraf.

Die Zweite Nacht beginnt dann mit dem totalen Kontrastprogramm zur ultra-romantischen Szenerie des Paganini-Konzertes. Und erneut bewegen wir uns vor autobiographischem Hintergrund. Heine war 1827 nach England gereist und hatte in London eine Ahnung von der Zukunft der bürgerlichen Gesellschaft gewonnen. Dieses erzprosaische England, das verhasste Land der Maschinenmenschen, bildet den geeigneten Hintergrund, vor dem Maximilian seinen Lebensekel ausbreiten kann. Sein ganzer Abscheu vor dem Nützlichkeitsfuror des frühkapitalistischen Systems, vor der Kunst- und Lebensfeindlichkeit und der Brutalität einer solchermaßen entkultivierten Gesellschaft werden in den drei Träumen zusammengefasst, die den Erzähler auf der Waterloo-Brücke in London überkommen (s. 45,29ff.).

Genau in diesem Moment tiefster Verzweiflung, der nicht zufällig mit dem Ort von Napoleons Untergang verbunden ist, tritt die Tänzerin Laurence zum ersten Mal in Erscheinung. Zusammen mit der Staffage, in der sie auftritt, bildet sie in vielem das Gegenstück zur romantischen Szenerie und den Frauenfiguren der Ersten Nacht und bleibt ihr andererseits auch eng verbunden. Auf die Frage Marias, in welche Kategorie von Wesen Laurence gehöre, »Marmorstatue« oder »Gemälde«, »Todte« oder »Traum«, antwortet Maximilian »sehr ernsthaft«: »Vielleicht alles dieses zusammen« (20,14). Zunächst wird der Leser allerdings den Kontrast bemerken zwischen den romantischen Bildern der Ersten Nacht und der grotesken Szenerie, die sich ihm jetzt bietet. Die Vierergruppe mit der schwarz gekleideten, die Trommel schlagenden »Mutter«, dem auf pompös-lächerliche Weise auftretenden Zwerg Türlütü, dem gelehrten Hund und der noch kindlichen Tänzerin steht nicht für zart-ätherische Romantik, sondern für grobschlächtige, volkstümliche Jahrmarktsunterhaltung. Es handelt sich um französische Darsteller, und wie der spätere Hinweis auf den »großen Bauchredner« (70,26f.) belegt, entstammen sie dem Milieu der Variétés und »Komischen Theater«, wie es sie in Paris in großer Zahl gab. Und auch hier bezieht Heine sich auf Empirisches, wahrscheinlich auch autobiographisch Eingefärbtes: Vieles spricht dafür, dass er die Typen der Jahrmarktstruppe dem Personal des Pariser »Théâtre Choiseul« nachzeichnete, das auch »Théâtre des Jeunes Elèves« genannt und von dem damals berühmten Bauchredner Louis Comte geleitet wurde. In seinem Theater bildete Comte – teils sehr junge – Kinder für die Bühne aus und ließ sie auftreten, während er selbst als Bauchredner und Taschenspieler seine Tricks zeigte. Wenn Heine schildert, wie Laurence als kleines Kind der Geliebten des »großen Bauchredners« übergeben wurde, so verweist das auf das »Théâtre des Jeunes Elèves«. Aber auch Türlütü, dessen Name einem französischen Kinderwort nachgebildet ist, dürfte dort im weiteren Sinne seinen Ursprung haben, wo auch Zwergwüchsige auftraten.

Heine hat die Figuren der Gruppe so angelegt und ausstaffiert, dass der Leser unweigerlich zu rätseln beginnt, was sie denn wohl bedeuten mögen. Einige zusätzliche Informationen erhält man erst im weiteren Fortgang der Geschichte, als Maximilian in Paris Mitglieder der Truppe unter teils jämmerlichen Umständen wiedertrifft. Im London des Jahres 1827 an der Waterloo-Bridge stehen sie noch in voller Blüte und begeistern ihr Publikum. Zeit und Ort geben erste Hinweise auf eine historische Verständnisdimension, die sich zumindest bei den Figuren des Zwerges und des Hundes ohnehin aufdrängt. Die Handlung spielt vor der Julirevolution zur Zeit der Restauration, und mit dem Namen Waterloo ist die endgültige Niederlage Napoleons und der durch ihn vertretenen Revolution fest verbunden. Der gelehrte Hund, der den

Namen des von Heine gehassten Napoleon-Bezwingers Wellington zusammenscharren kann, vertritt all die »hündischen« Intellektuellen, die sich von der Seite der Freiheit und der Menschenrechte ab- und der Seite von Knechtschaft und Feudalstaat zugewandt haben. Auch der Zwerg gibt sich durch Aufzug und Gehabe als Vertreter der finstersten Reaktion zu erkennen. Beide verkörpern als komische Figuren zugleich die völlige Verkehrtheit, Lächerlichkeit und Überholtheit solcher Positionen. Ihnen zur Seite steht eine schwarz gekleidete ältere Frau, die allerdings, wie am Ende der Geschichte berichtet wird, weder die Mutter der Tänzerin noch eine Witwe ist, sondern aus dem Milieu der Gauner, Hehler und Zuhälter stammt und mit ihrer schwarzen Verkleidung lediglich auf das Mitleid der Zuhörer spekuliert. Auch das ärmlich gekleidete und verdrießlich schauende Mädchen passt in die burleske Umgebung. Sie war, wie es heißt, »keine große Tänzerinn, [...], sie verstand nichts von der Tanzkunst wie sie Vestris lehrt« (50,2–5). Auch die ›Mutter‹ und der Zwerg hielten, wie wir später erfahren, nicht viel von ihren Künsten und bestraften sie für ihr »schlechtes« Tanzen mit Missachtung und Nahrungsentzug. Die Musik, die den Tanz begleitet, steigert noch das Groteske des Auftritts. Die große Trommel mit ihren tiefen Schlägen und die Triangel mit ihren zirpenden Klängen sind die einzigen Instrumente und verbinden »täppische Brummigkeit« mit »wollüstigem Gekitzel« (49,13 f.).

Maximilian wird von den Bewegungen des Mädchens unmittelbar in Bann geschlagen. Für ihn steht ihr Tanz jenseits der Künstlichkeit der klassischen französischen Tanzkunst ebenso, wie er nichts zu tun hat mit dem Nervenkitzel der französischen Romantik. Tanz und Tänzerin bilden für den Betrachter eine Einheit, der Tanz ist Teil ihres Wesens, ihrer Natur, er ist vollkommen natürlich. Der Erzähler erkennt darin eine leidenschaftliche Rede, die Bewegungen sind ihm »Worte einer besonderen Sprache, die etwas Besonderes sagen wollte«. Aber er versteht diese Sprache nicht, ahnt wohl, dass es um etwas sehr Schmerzvolles geht, macht Vorschläge über die mögliche Herkunft des Tanzes, meint in manchen Bewegungen ein Hören in die Erde hinein zu erkennen oder auch ein Abwaschen blutiger Hände, muss aber zugeben: »Ich der sonst die Signatur aller Erscheinungen so leicht begreift, ich konnte dennoch dieses getanzte Räthsel nicht lösen [...]« (50,26–28). Gleichzeitig entsteht zwischen Maximilian und Laurence eine erotische Spannung, die den jungen Mann immer wieder zu den Plätzen treibt, auf denen die Tänzerin auftritt.

Auch der Leser wird zunächst mit dem Rätsel allein gelassen, bis der Erzähler am Ende der Zweiten Nacht im Gespräch mit Laurence einige weitere Informationen erhält.

Sein überraschendes Wiedersehen mit Laurence findet statt im Paris direkt nach der Julirevolution von 1830 in einer gänzlich veränderten Atmosphäre. Aus dem Mitglied einer zwielichtigen Jahrmarktstruppe ist inzwischen die geachtete Ehefrau eines alten napoleonischen Generals geworden; statt auf den schmutzigen Straßen Londons trifft man sich jetzt im Salon der vornehmen Pariser Gesellschaft, in der Oper und schließlich im hochherrschaftlichen Palais von Laurence. Erneut steht im Hintergrund Heines Biographie; er siedelte im Mai 1831 nach Paris über, bekam dort sehr schnell Zugang zu den Salons und verwickelte sich in diverse Liebesabenteuer, wovon ihn vor allem das mit seiner späteren Lebensgefährtin und Ehefrau ›Mathilde‹ in Atem hielt. Heine nutzte häufiger den Zusammenfall von historisch-politischen und biographischen Einschnitten, um Entwicklungen seiner ästhetischen und literarischen Positionen sinnfällig zu machen. Unter diesen Vorzeichen vollzieht sich auch hier die Veränderung Maximilians vom Liebhaber lebloser Statuen hin zum Liebhaber der sehr lebendigen Laurence. Allerdings bleiben Reste der alten Vorlieben Maximilians insofern erhalten, als auch Laurence die alte Figur, die Figur der Variété-Tänzerin, mit in ihre neue Existenzform herübergenommen hat. Während des Tête-à-tête im Schlafzimmer der Laurence erzählt zunächst Maximilian vom Ende des gelehrten Hundes und des krähenden Zwerges. Der Anhänger Wellingtons und der durch ihn verkörperten Feinde der Freiheit wurde in Paris als tollwütig erkannt, erschlagen und auf den »Misthaufen« der Geschichte geworfen; der Zwerg wiederum kehrte zurück an seinen Ursprung, in eins der Variétés auf dem Boulevard du Temple. Er starb dort in einer Wiege liegend, die von einem kleinen Mädchen bewegt wurde, erneut ein Verweis auf das »Théâtre des Jeunes Elèves« des »großen Bauchredners« Louis Comte. Die bizarre Szenerie zeigt an, dass in Gestalt Türlütüs auch die Requisiten der Restauration endgültig in der Rumpelkammer der Geschichte gelandet sind. Der reaktionäre Zwerg stirbt als Zwerg unter Riesen, während, wie der Erzähler anmerkt, der Heros der Revolution, Napoleon, als Riese unter Zwergen gestorben ist. Schließlich hören wir aus dem Munde von Laurence ihr dunkles Geheimnis, das zugleich das Geheimnis ihres Tanzes ist. Sie ist als »Todtenkind« im Grabe geboren, war »begraben gewesen noch ehe sie geboren worden« (70,27f.), und wurde von ihrem Stiefvater, dem »großen Bauchredner«, damit gequält und lebenslang traumatisiert, dass er sie die furchtbaren Erlebnisse ihrer lebendig begrabenen Mutter mit seiner Bauchredner-Stimme hören ließ, die er als die der aus dem Grabe sprechenden Mutter ausgab. Ihr Tanz war die Verlebendigung dieser schrecklichen Geschichten, an die sie sich nur während des Tanzes erinnerte und deren Erinnerung nach dem Ende des Tanzes gleich wieder aus ihrem Gedächtnis verschwand. Sie selbst empfand sich während des Tanzes als »eine ganz andere Person« (71,14), eine Aussage, die in direktem Kontrast zum Eindruck Maximilians steht, der Tanz und Tänzerin ja als perfekte Einheit gesehen hatte. Der Leser erfährt also auch an dieser Stelle nicht wirklich etwas Abschließendes über den Sinn des Tanzes. Sein Rätsel überträgt sich jetzt vielmehr auf die Person der Laurence: »Was bedeutet dieses Weib? Welcher Sinn lauert unter der Symbolik dieser schönen Formen?« fragt sich der Erzähler (72,33 f.). In der Handschrift findet sich noch der später gestrichene Zusatz: »Das holde Räthsel lag mir jetzt lieblich, wie ein Eigenthum, im Arme, und dennoch fehlte mir die Lösung.« Und dann wird Maximilian selbst in den von Laurence verkörperten Zwiespalt hineingezogen, vermischen sich für ihn Traum und Realität auf seltsame Weise. Er sieht während der gemeinsamen Nächte mit Laurence in einer Vision die Tanztruppe aus London mit dem gesamten Personal, er meint die Musik zu hören, und gleichzeitig spürt und sieht er, wie die reale Laurence sich neben ihm erhebt und zu tanzen beginnt. Auch als seine Vision der Variété-Gesellschaft sich auflöst und »wie Nebel« (74,22 f.) zerfließt, tanzt sie weiter ihren unheimlichen Tanz, bis sie wieder an seine Seite ins Bett schlüpft.[5]

Das Rätsel um Laurence und ihren Tanz wird im Text selbst nicht direkt entschlüsselt, doch eröffnen sich dem aufmerksamen Leser eine Reihe von Bedeutungsebenen, wie Heine sich in seinen Werken stets davor gehütet hat, eine einzige Lesart exklusiv anzubieten. In Hinsicht auf einen politischen Sinn verstärken »Tanz und Tänzerin« den Gegensatz von Revolution (Napoleon) und Restauration (Bourbonen), der bereits in den Figuren von Hund und Zwerg anklingt. Der Vater von Laurence war Graf, Mitglied der Restaurationsgesellschaft und hat ihre Mutter misshandelt. Von solchen Misshandlungen erzählt ihr Tanz, und erst an der Seite eines alten Gefolgsmanns von Napoleon kommt sie zur Ruhe, ohne freilich ihre schreck-

5 Dieses letzte Detail findet sich in der Handschrift und der französischen Übersetzung, nicht aber im deutschen Drucktext.

liche Herkunft ganz abschütteln zu können. Der Zeitpunkt dieser Schrecknisse und der Geburt der Laurence fallen mit Napoleons Niedergang und Unterwerfung zusammen. Beim ersten Zusammentreffen heißt es über Laurence, sie sei ein »etwa fünfzehnjähriges junges Mädchen«. Das würde, nimmt man die autobiographischen Koordinaten des Textes mit dem Verweis auf Heines Englandaufenthalt des Jahres 1827 ernst, auf die Jahre 1812/13 verweisen, als die alliierten Truppen die Oberhand über den Kaiser gewannen; die schauerlichen Erzählungen des »großen Bauchredners« hätten dann in den folgenden Jahren stattgefunden, also der Zeit von Napoleons Verbannung und der Rückkehr der Bourbonen. Ihre zumindest äußerliche Befreiung aus den qualvollen Erinnerungen und ihre gesellschaftliche »Wiedergeburt« an der Seite eines napoleonischen Generals nach der Julirevolution kann man so auch als Hinweis auf ein Wiedererstehen der revolutionären Idee in den Kämpfen des Jahres 1830 deuten. Bei dieser Lesart müsste die offensichtliche Konvenienzehe als Zeichen genommen werden für den unvollkommenen Zustand, in dem diese Ideen sich seitdem befinden.

Auf der ästhetischen Ebene bietet sich ein Vergleich der Figuren der Laurence und der Maria an. Die dem Tod geweihte Maria als Figur der romantischen Kunst weist durchaus Ähnlichkeiten mit dem »Todtenkind« Laurence auf, das der Zwerg zusätzlich als »verfluchtes Gespenst« und als »Vampir« (70,3) beschimpft. Beide gehören jener geheimnisvollen Zwischensphäre zwischen Tod und Leben an, die im Text an vielen Stellen in den Vordergrund tritt. Während die »närrischen Geschichten« (9,12), die der Arzt Maria verschreibt, keine Heilung zu bringen scheinen, ist Laurence durch ihren Tanz zumindest teilweise zu sich selbst gekommen und wieder in der Lage, am Leben teilzunehmen. Und während Maria jede Bewegung und Aufregung meiden soll, ihre Leidenschaft für Max nur in »heftigsten Küssen« (14,18) auf die Hand ausdrücken kann und ihm jeden Kuss verwehrt, liegt Laurence Nacht für Nacht in den Armen ihres Liebhabers. Das schwärmerische Verhältnis Maximilians zu Maria kontrastiert scharf mit seiner offenen, zuletzt sogar ein wenig nüchternen und konventionellen Beziehung zu Laurence. Die Liebeskonzepte verweisen auf die romantische Poesie einerseits, auf ein entsagungsvolles, entkörperlichtes, spirituelles Programm, und auf die »moderne« Poesie andererseits, so wie Heine sie für sich selbst in den Liebesgedichten der »Verschiedenen« umgesetzt hatte mit ihrem Akzent auf Körperlichkeit und Sensualismus, aber auch auf Bürgerlichkeit. Und doch ist die Figur der Laurence noch nicht gänzlich in der Bürgerlichkeit angekommen, hat sich in den nächtlichen Tanzauftritten vor den Augen des Geliebten noch etwas von ihrer düster-romantischen Vergangenheit erhalten. Dieser rätselhafte, nicht zu entschlüsselnde Kern, den Heine nicht von ungefähr in ein romantisches Licht taucht, ist so etwas wie das Geheimnis jeder Kunst, das sie vor der völligen Auflösung in die Kausalitäten der banalen Wirklichkeit schützt. Es ist das Geheimnis der Kunst wie des Denkens, der Liebe wie des Lebens insgesamt, jenes Geheimnis, das sich, wie die Eidechse in den *Bädern von Lucca* spöttisch bemerkt, »in ewigen Hieroglyphen, auf meinem eigenen Schwanze« befindet.[6] Im selben *Reisebild* heißt es über das Rätsel der Liebe: »Was ist die Liebe? Hat keiner ihr Wesen ergründet? hat keiner das Räthsel gelöst? Vielleicht bringt solche Lösung größere Qual als das Räthsel selbst, und das Herz erschrickt und erstarrt darob, wie beim Anblick der Medusa. Schlangen ringeln sich um das schreckliche Wort, das dieses Räthsel auflöst – O, ich will dieses Auflösungswort niemals wissen, das brennende Elend in meinem Herzen ist mir immer noch lieber als kalte Erstarrung.«[7]

6 DHA 7, S. 162.
7 Ebd., S. 109.

Genau in diesem Sinne, als Schutz vor Erstarrung und Banalisierung, ist das Rätselhafte dann tatsächlich das zentrale Thema der *Florentinischen Nächte* geworden. Es geht in ihnen um die grundsätzliche Rätselstruktur der Kunst und ihr Überleben in einer auf Enträtselung und Indienstnahme ausgerichteten Umgebung. In den Worten der Nachtigall in der Schlussstrophe des Einleitungsgedichtes zur dritten Auflage des *Buchs der Lieder* von 1838 ist das so ausgedrückt:

»O schöne Sphynx! O löse mir
Das Räthsel, das wunderbare!
Ich hab' darüber nachgedacht
Schon manche tausend Jahre.«